당신은
놀라운 잠재력을
갖고있어요 !!

김
진
영

2016. 7. 2

내
안
의

거
인

내 안의 거인

초판 1쇄 인쇄 ┆ 2016년 7월 15일

글쓴이 ┆ 김진향
펴낸이 ┆ 이재은
펴낸곳 ┆ 세상모든책
기획 편집 ┆ 홍성민, 최진우
디자인 ┆ 김민정
마케팅 ┆ 이주은, 이은경
주소 ┆ 경기도 용인시 기흥구 구성로 90 (205−1301호)
전화 ┆ 031−274−0561
팩스 ┆ 031−274−0562
이메일 ┆ everybk@hanmail.net
출판등록 ┆ 1997년 11월 18일 제10−1151호

ISBN ┆ 978−89−5560−313−2 03810

내
안
의
거
인

내 안의 잠든 능력을 끌어내는 그녀의 이야기

글 · 그림 김진향

 세상모든책

프롤로그

어릴 적엔 누구나 다양한 꿈을 꾸지만 어른이 되면서 꿈은 하나둘 사라지게 됩니다.

현실과 타협해서일까요, 꿈을 '잊었기' 때문일까요, 아니면 꿈을 '잃었기' 때문일까요?

〈내 안의 거인〉을 집필하며 많은 생각을 했습니다.

'이 책을 누가 읽으면 좋을까?'

'이 책을 통해 내가 하고자 하는 이야기는 무엇일까?'

가장 먼저 들었던 생각은, '내가 경험해 온 다양한 직업에 대한 이야기를 나누자!'는 것이었습니다. 다양한 직업을 경험한 인생의 선배로서 들려줄 수 있는 이야기가 있지 않을까?

그리고 내가 가졌던 직업을 목표로 삼고 그것을 향해 달려가는 젊은이들에게 조금이나마 '도움이 되는 팁'을 알려 주고 싶은 마음도 컸습니다.

이 시대 젊은이들이 꿈을 잃지 않기를 바라는 마음으로 집필했습니다.

제가 가장 좋아하며 공감하는 아인슈타인의 명언이 하나 있습니다.

"나는 재능이 없다. 단지 열정적인 호기심만 있다."

저도 그런 사람일지도 모릅니다.

저는 특별하지도, 똑똑하지도 않은 사람입니다.

단지, 다양한 것에 호기심이 많은 사람입니다. 그리고 그 호기심이 지금의 저를 이끌어 주었습니다.

어릴 적, 집이 너무 가난해서 배움의 갈망을 충족하지 못했습니다. 그래서 언제나 배움에 대한 욕구와 갈망이 있었습니다.

지금도 그렇습니다.

계속 그 갈망을 채우기 위해 새로운 것들을 찾아 문을 두드리게 되는 것 같습니다.

저에게는 새로운 것을 배우는 것이 큰 즐거움이고 기쁨입니다.

저의 부족함을 인정하는 순간, 더 큰 배움이 눈앞에 보였습니다. 부족함을 인지했기에 채우고자 노력하게 되었죠.

어느 날, 책을 한 권 보게 됐는데 이런 글이 적혀 있었습니다.
"아인슈타인은 두뇌의 10퍼센트밖에 사용하지 못했다!"
아주 신선한 충격이었습니다.
'아인슈타인 같은 천재가 뇌를 10퍼센트밖에 사용하지 못했다면 사람의 한계는 어디까지일까?'
'살면서 뇌의 5퍼센트 정도는 사용할 수 있을까?'
'나는 어떤 부분까지 해 낼 수 있을까?'

이런 생각들이 꼬리에 꼬리를 물고 떠오르면서 제 안에 잠재된 능력이 문득 궁금해졌습니다. 그리고 그때부터 하나씩 도전을 시작했습니다. 그 도전은 모두 즐거웠습니다.

저는 아직 완성된 사람이 아닙니다. '인생'이라는 여행길을 걷고, 달리고, 가끔은 쉬어 가고 있습니다.

그래서 더 즐겁습니다.

지금 현재를 온전히 느끼며, 배우며, 살아갈 수 있기 때문입니다.

제 글을 읽는 분들도 그랬으면 좋겠습니다.

스스로의 한계를 두지 않고, 즐겁게 도전한다!

삶을 있는 그대로 느꼈으면 합니다. 그렇게 우리 모두가 함께 그 설레는 길을 걸었으면 합니다.

물론 걷다 보면 아픔과 고통이 동반되기도 합니다. 하지만 '그 또한 여행길의 과정일 뿐이야.'라고 생각하며 나아가길 바랍니다.

누군가가 저의 이야기를 읽고 꿈을 꾸게 되고, 꿈을 향해 한 발자국 앞으로 내딛기로 결심한다면, 저는 무엇보다 뿌듯할 것입니다.

혼자라고 겁내지 마세요.

당신을 온전히 응원하고, 당신의 성장을 함께 기뻐하겠습니다!

언제나 당신과 함께하고 싶은 작가, 김진향 드립니다.

CONTENTS

#1

집집마다
꿈을 붙이다.
전단지 알바

어린 시절, 흔히 접할 수 있는 아르바이트인 전단지 알바.

특히 학생들에게는 손에 꼽히는 알바 중 하나가 아닐까 싶습니다.

나이 제한도 없을뿐더러, 누구나 할 수 있는 그런 일이기에…….

저 역시 중학교 때 스스로 돈을 벌어 보겠다며 구인, 구직란을 펼쳐 놓고서 처음으로 시도해 본 일이 전단지 알바였습니다.

집안 형편이 넉넉하지 못했고, 포장마차에서 붕어빵과 떡볶이를 파는 엄마에게도 미안하여 처음 시작해 본 일이었습니다.

형편이 어려워도 딸 손에 물 묻히는 걸 절대적으로 싫어하셨던 엄마에게는 비밀로 붙이고 말이에요.

엄마의 눈을 피해 용돈 정도는 벌어 보겠다며 시도해 보았던 일, 전단지 알바.

생각해 보면, 젊음이 좋은 것 같습니다.

지금의 제가 '늙었다'는 의미는 아닙니다.

그때는 지금에 비해 상대적으로 호기심이 많았고, 부모님의 반대에도 불구하고 뭔가를 시도해 보고 싶은 열정이 강했던 것 같습니다.

전단지 알바도 그랬던 것 같습니다.

지금 돌이켜 보면 시급은 굉장히 적었습니다. 알바를 해 본 사람들은 아마 알 거라는 생각도 듭니다. 정성껏 이 일을 하려면 다리가 엄청 아프기도 하고, 혼자서 일하는 두려움도 극복해야 합니다. 아직 세상이 어떤 곳인지 몰랐고, 막연히 '돈을 번다'는 것에 대한 설렘이 있었기에 이 일을 시작 할 수 있었습니다.

일을 마치고 난 뒤엔 '내가 스스로 번 돈'이라는 느낌이 들어 무척이나 뿌듯했던 기억이 있습니다.

어슴푸레 해가 질 무렵이었습니다. 학교를 마치고 전단지 알바를 하러 갔습니다.

어느 정도의 전단지를 받아 들고서 아파트를 한군데 정해 놓고 층층마다 전단지를 붙이다가 경비 아저씨에게 혼이 난 적도 있습니다.

이게 이 일의 묘미라면 묘미입니다. 누군가의 집에 허락 받지 않고 '무언가'를 붙인다는 것은 용기가 없으면 하지 못하는 일입니다.

게다가 어둑해지는 시간. 다른 사람들은 집에서 식사를 하거나, 퇴근을 위해 발걸음을 재촉할 시간에 어쩌다가 문 앞에서 집주인과 마주치기라도 하면, 괜한 미안함과 두려움이 몰려오기도 했습니다.

그렇지만 희망적으로 이야기해 보자면, 이것은 '나의 꿈을 붙이는 것'이란 생각이 들었습니다. 스스로 돈을 벌겠다며 처음으로 시작해 본 '나의 일'. 그것은 '사회생활'이라는 부분의 첫발을 자랑스럽게 새기는 것이자, 세상과 이어지는 '통로'였기 때문입니다.

어떻게든 빠르게 또한 많이 붙이려고 여기저기로 바쁘게 뛰어다니던 그때의 기억이 아직도 생생하게 떠오릅니다.

문득, 이런 생각이 잠깐 스친 적도 있습니다.

'보는 사람도 없는데 이걸 그냥 안 보이는 데에 버리면 안 되나? 그래도 모를 텐데.'

하지만 스스로를 속이면서 그렇게 할 수는 없었습니다. 다른 사람은 속일 수 있겠지만 나 자신을 속인 뒤 괴로워하고 싶진 않았으니까요.

나를 위해 더욱 정직하게 일하고자 했습니다.

세상에 대한 막연한 동경과 '일' 자체에 대한 열정은 그렇게 시작되었습니다.

그렇지만 희망적으로 이야기해 보자면,

이것은 '나의 꿈을 붙이는 것'

이란 생각이 들었습니다.

스스로 돈을 벌겠다며 처음으로 시작해 본 '나의 일'.

그것은 '사회생활'이라는 부분의 첫발을

자랑스럽게 새기는 것이었고,

세상과 이어지는 '통로'였기 때문입니다.

이 일이 지금도 급여를 많이 받는 일이 아닌 건 분명합니다.

(그래도 예전보다는 많이 세졌다!) 하지만 스스로의 성실함과 꾸준함을 시험해 볼 수 있는 일로 한 번쯤은 해볼 만한 일이라는 생각이 듭니다.

게다가 이 일은 혼자만의 노력을 요하는 일이기 때문에 '성실함' 만으로도 충분히 해 나갈 수 있는 일입니다.

여러 관계 속에서 자신의 실력 발휘 여하에 따라 핀잔을 듣거나 스트레스를 받는 일도 없기 때문에 '속 편한' 일임은 틀림없습니다.

거기에 더해, '운동' 삼아 뭔가를 하고 싶어 하는 사회 초년생들에게 '다이어트'와 '용돈'의 일석이조 효과를 얻을 수 있다는 것도 일러 주고 싶습니다.

무엇을 하든 스스로와의 약속에 있어 진지함을 갖고 일한다면, 분명 일에 대한 보람이 있으리라 생각합니다.

집집을 돌며 제가 붙였던 것은 단순한 종이 한 장이 아니었습니다.

미래에 다가올, 나의 앞날에 대한 '꿈'을 붙이는 것이었습니다.

그 한 장, 한 장의 꿈의 흔적은 오늘날 저의 풋풋함과 건재함, 그리고 '깡'을 만들어 주었습니다.

#2

남이 아닌,
나를 위한
봉사 활동가

흔히 '봉사 활동'을 한다고 하면, 누군가 다른 이들을 위한 '나눔'이라고 생각합니다.

하지만 저에게 '봉사'는 '남'을 위한 것이 아닌, '나'를 위한 활동입니다.

다른 사람들이 저로 인해 기뻐하는 모습을 보면, 저 자신이 훨씬 더 행복한 마음이 들곤 합니다. 거기에 더해, 스스로가 다른 이들에 비해 얼마나 좋은 것들을 많이 갖고 있는지 돌아보는 시간이 되기도 합니다.

사실, 우리는 매일매일 정신없이 살아가고 있습니다. 바쁘다는 핑계 때문에 주변을 돌아보기는커녕 스스로에 대해 진지한 생각을 할 기회조차 없는 경우가 많습니다.

주변을 돌아볼 시간조차 없는 삶이 '알맹이' 있는 삶이라고 할 수 있을까요? 그것은 결국 '나'와는 '다른 사람'일 뿐입니다.

그 누구도 진지하게 생각할 여유 없이 바쁘게만 살아가는 우리는 과연 무엇을 위해 살아가고 있는 걸까요?

이 모든 진지한 물음에 대해 스스로를 돌아볼 수 있게 하는 것이 바로 봉사 활동이라고 말하고 싶습니다.

다른 누군가를 위해 나의 '활력'을 사용할 수 있다는 것.

그리고 그로 인해 내 마음의 빈 부분을 채워 나갈 수 있다는 것.

나눔은 저의 삶에 있어서 매우 뜻깊은 부분입니다.

그동안 여러 가지 나눔 활동을 해 왔습니다.

달동네 연탄 나눔은 단발성으로 끝나지 않고, 매년 분기별로 하고 있는 활동입니다. 연탄뿐 아니라, 쌀과 라면도 함께 드립니다.

개인적으로 갖고 있는 돈을 사용하기도 하지만 그것만으로는 턱없이 부족합니다. 그래서 SNS를 통해 뜻있는 분들에게 알린 뒤 마음을 함께하고자 하는 분들에게 후원을 받아 한 가정이라도 더 도우려고 노력합니다.

그때마다 매번 적지 않은 분들께서 함께 힘을 모아 주십니다.

언젠가는 배우 조재윤 님께 연락 온 적이 있습니다.

페이스북을 통해 소식을 접한 조재윤 님께서 마음을 담아 후원을 해 주셨습니다.

그런 마음이 얼마나 큰 힘이 되는지 말로는 이루 다 설명할 수 없습니다.

항상 좋은 일을 한다고 하면 사람들이 모이고, 돈이 모였습니다. 예전 홍제동에서 연탄 나눔을 할 때는 오십 명 정도가 모였습니다. '나눌레몬'이라는 곳에서 후원금을 보내 주고 함께 나눔 활동을 하기도 했습니다.

이와 관련해 휴먼 브랜드인 '바이탈 커뮤니케이터'는 제가 삶의 모토로 삼고 있는 '나눔'의 의미를 담고 있습니다. 자신에게 있는 '활력 에너지'를 다른 사람과 함께 나누어 시너지를 낼 수 있도록 하는 활동이 바로 '바이탈 커뮤니케이터'의 주된 목표이자 철학입니다.

어떤 사람들은 제가 하는 '다른 일들'을 홍보하기 위한 일환으로 나눔 활동을 하는 것이 아니냐는 의구심을 드러내기도 했습니다.

처음 그런 말을 들었을 때는 속이 많이 상하기도 했지만, 이런 나눔 활동이 누군가에게 인정받기 위한 행동이 아니고 내가 좋아서 하는 일이었으므로, 모든 건 시간이 해결해 줄 것을 나는 믿어 의심치 않았습니다.

결국 마인드의 문제인 것 같습니다.

타인의 시선에 아랑곳하지 않고 묵묵히 나의 길을 가다 보면 좋은 날은 반드시 오게 되어 있습니다. 그러므로 오해하는 사람들을 향해 군이 해명을 할 필요성을 느끼지 않았습니다. 때로는 말보다 행동이 더 큰 의미를 낳기도 하잖아요.

전에 연탄 나눔을 할 때, 연탄을 받으시는 할머님께서 누가 이걸 주는 건지 물으셨던 적이 있었습니다. 괜히 저 자신을 드러내고 싶지 않다는 생각에 "드리고 싶은 분들이 내주는 거예요."라고 말씀드렸습니다.

나눔 활동은 저만의 노력이나 제 돈이 아니라, 많은 분들의 마음과 뜻이 모아져서 진행되는 것입니다. 저는 단지 많은 분들의 마음이 모이도록 하는 매개체일 뿐입니다.

제가 하는 나눔의 대상은 '사람'에게만 국한되어 있지 않습니다. 동물을 사랑하기에 유기견 센터에 가서 직접 봉사 활동을 하기도 했고, 사료와 연탄을 기증하기도 했습니다. 어릴 때부터 동물을 무척 좋아했습니다. 그래서 유기견 강아지를 입양해서 함께 지내고 있습니다. 이왕이면 사랑을 많이 받을 수 있는 어린 강아지보다는, 사랑이 더 필요한 '아이들'을 키우고 싶다는 생각이 들었습니다. 유기견을 입양할 때에도 아기 강아지를 사는 것만큼의 비용이 듭니다. 하지만 사람에게 상처받고 아픔을 갖고 있는 유기견 '아이들'을 사랑으로 치유하며 함께 살아가는 게 더 뜻깊고 의미 있다고 생각합니다.

돌이켜 보면, 처음 나눔 활동을 할 때엔 거시적으로 눈에 보이는 것만 우선 마음에 두었던 것 같습니다. 그래서 누군가를 돕는다는 것에 뜻을 두고 그런 활동들을 우선시했습니다.

나눔은 사회를 건강하게 하고,

스스로를 돌아보게 한다는 면에서

'나'를 위한 활동입니다.

하지만 근래 들어 '나눔'에 대한 제 생각들이 원숙해지면서, 눈에 띄지 않는 주변 사람들에게 관심을 더 많이 돌리고 있습니다.

'나눔'이라는 건 자신과 가장 가까운 곳에서 일어나야 한다고 생각합니다.

작게는 가족, 친구들이 될 수도 있고, 바람결을 타고 들리는 소문을 통하여 알게 된 이웃들이 될 수도 있습니다. 몸이 불편하지만 웃는 얼굴로 사람들을 대하시는 경비 아저씨를 비롯해 우리 주변에는 활력을 나누어 줄 많은 사람들이 있습니다.

주변을 먼저 돌아보는 것이, 눈에 띄지 않는 '겸허한 나눔'을 하기에 더 좋다는 생각이 듭니다.

"오른손이 하는 일을 왼손이 모르게 하라."는 말보다 훨씬 더 실제적이면서도 눈에 띄지 않는 나눔은 '주변을 돌아보는 것'에서부터 시작합니다.

나눔은 사회를 건강하게 하고, 스스로를 돌아보게 한다는 면에서 '나'를 위한 활동입니다. 저의 영혼은 여전히 '나눔'이라는 두 글자에 꽂혀 있습니다. 이 글을 읽는 독자 분들도 한 번쯤 의미 있는 활동에 눈을 돌려 보면 어떨까요?

#3

관찰하다,
사람들을 그리다,
캐리커처 작가

어려서부터 그림 그리기를 좋아했습니다.

그림을 그리려면 기본적으로 '바라보고, 관찰하는' 능력이 있어야 합니다. 그리고 오랜 시간 진득하게 앉아서 작업해야 하는 경우가 많기 때문에 스스로를 차분하게 '놓을' 수도 있어야 합니다.

지금도 기회가 있을 때 이따금 하는 일 중 하나는 누군가의 캐리커처나 초상화를 그리는 일입니다. 지금은 생계를 위해서가 아니라 저 스스로의 분위기를 가다듬기 위해 또는 상대방에 대한 개인적 애착 때문에 그려 주는 경우가 많습니다.

캐리커처를 따로 배운 적은 없습니다. 다만, 어려운 형편에도 틈틈이 그림 그리기를 즐겼고, 어린 시절에는 학원을 다니며 미술을 배우기도 했습니다. 조금 성장한 뒤엔 만화가를 꿈꾸면서 만화나 소묘를 틈틈이 그렸습니다.

개인적으로 그려 준 캐리커처는 사진을 찍는다든가 해서 언제나 흔적을 남깁니다. 꽤 많은 사람들이 제가 그린 캐리커처나 초상화를 SNS나 자신의 프로필 메인 사진으로 걸어 놓곤 했습니다. 그때마다 왠지 모르게 느껴지는 으쓱함과 유쾌함은 정말 꿀맛이었지요. 처음부터 돈을 벌 목적으로 이 일을 했던 건 아니었습니다. 그냥 다른 사람을 그려 주는 것이 즐거워서 시작했습니다. 그런데 그것이 입소문을 타면서 의뢰인들이 생기기 시작했습니다.

페이스북 친구인 모 은행 지점장께서는 제게 따님을 그려 달라고 의뢰하기도 했습니다. 늦둥이 딸이라 정말 많은 애정을 갖고 계셨습니다. 그 당시엔 제가 저의 그림에 정확한 가치를 매기지 않았는데, 그분은 제 그림에 십만 원을 선뜻 보내 주셨습니다. 그래서 저는 그 돈을 연탄 나눔 비용으로 사용하기로 했습니다. 왠지 제 돈이 아닌 것 같다는 느낌이 들었거든요.

일반 사람들이 캐리커처를 그려서 돈을 벌려면, 상당한 실력을 갖추어야 하는 게 사실입니다. 저 자신도 이름 있는 프로 화가가 아니었기에 하루에 고작 한 점 정도 그릴 수 있었습니다. 이 일로 생계를 꾸리려면, 빠른 속도로 그릴 수 있는 상당한 손재주가 필요합니다.

관찰력과 눈썰미도 당연히 필요합니다. 하루에 한 점 그려서는 용돈벌이 정도는 되겠지만, 생계를 규모 있게 꾸리기에는 다소 부족한 부분이 많은 편이죠. 더구나 매일 일감이 들어올 수 있느냐도 사실 미지수입니다.

그럼에도 불구하고 제가 이 일에 매력을 느낀 데는 나름의 이유가 있습니다. 삶을 넓고 깊게 살아가기 위한 힌트를 얻었다고 할까요?

사실, 섬세한 관찰력과 빈틈없는 표현력이 반드시 필요한 '그리기'라는 장르는 사물이나 사람을 '쉽게' 보고 속단하지 않게 해 주었습니다.

세월의 깊이, 내면의 사유, 눈빛과 표정 하나하나에 드러나는 특징들은 저를 둘러싸고 마주한 모든 것에 애정 어린 시선을 가질 수 있게 해 주었습니다.

그리고 어떤 사람들이 가지고 있는 주름 하나에까지 나름의 이유와 매력이 있음을 알게 해 주었습니다. 한마디로 그리기는 저에게 "통찰"의 수단이었습니다.

당연한 말이지만, 다른 사람의 얼굴을 그릴 때 그에 대한 불신이나 나쁜 감정을 가지고 있으면 그려 나갈 수 없습니다.

넓고 깊은 안목을 가져야만 그것이 가능합니다. 만약 예술을 사랑하고 미술에 소질이 있는 사회 초년생이라면, 매력적인 이 일을 해 보는 것도 나쁘지 않으리라 생각합니다.

다만, 처음부터 돈에 대한 기대를 크게 하지 않을 수 있다면 말이죠.

한마디로 그리기는

저에게 "통찰"의

수단이었습니다.

#4

반짝반짝

빛나다,

모델

　아직 젊지만, 지금까지 해 왔던 일 중에 가장 뜻깊고 행복했던 일은 모델 일이라고 말하고 싶습니다. 모델 일을 처음 시작한 건 울산에서 서울로 올라온 스무 살 때였습니다.

　아직 어리숙함과 풋풋함이 그대로 남아 있던 그 시절. 부끄러움을 무릅쓰고 꼭 한 번 해 보고 싶다는 의지를 담아 시작한 첫 일이었습니다. 물론, 그 이전에 다른 일들을 안 해 본 것은 아니었습니다. 하지만 모델 일은, 누군가의 권유로 다양한 일들을 했던 때랑 다르게 저 스스로 '해 보고 싶다'는 마음속 열망이 동하여 시작한 첫 번째 일이었습니다. 그래서 더 특별하게 느껴지는 일이기도 합니다.

　대학교를 중퇴하고 울산에서 일하고 있을 때, 서울에 있는 친구가 모델 일을 하면서 자신의 사진을 미니홈피에 올린 걸 본 적이 있었습니다. 당시만 해도 한창 '싸이월드'가 유행이어서, 주변의 친구들뿐 아니라 많은 사람들이 해당 홈페이지에 들어가서 사진을 보며 댓글을 달 수 있었습니다.

'아, 내가 하고 싶은 게 바로 이건데, 이 친구는 이미 하고 있구나!' 이런 생각이 스치면서 언젠가는 모델 일을 꼭 해 보리라 마음먹었죠.

그 당시 저에겐 콤플렉스가 많았습니다. 몸은 삐쩍 말랐고, 키는 크지도 작지도 않은 중간 정도였으며, 또 거울을 보면 얼굴엔 온통 단점투성이였습니다.

'이런 내가 무슨 모델을 할까?' 하는 생각도 들었지만, 마음 한구석에는 꼭 해 보겠다는 작은 꿈을 간직해 두고 있었습니다.

그러던 어느 날, 어렵사리 서울에 올라와 동대문 도매 시장에서 일하게 되었습니다. 서울에 계신 고모님의 권유로 시작하게 된 일이었죠. 서울에 올라오니 모델 일을 하고 싶다는 갈망이 더 강해졌습니다.

하지만 마음과 달리 주변에 아는 사람이 있는 것도 아니고 인맥으로 정보를 얻는 것도 쉽지 않았습니다.

'이럴 땐 어떻게 해야 하지?'

달리 방법이 없었습니다. 혼자 뛰어 다니는 게 제가 할 수 있는 최선의 일이었습니다. "하늘은 스스로 돕는 자를 돕는다." 라고 했던가요? 포털 사이트 카페를 일일이 검색하기 시작했습니다. 그러던 중 가장 쉽게 입문할 수 있었던

'이런 내가 무슨 모델을 할까?' 하는 생각도 들었지만,

마음 한구석에는 꼭 해 보겠다는

작은 꿈을 간직해 두고 있었습니다.

것이 쇼핑몰 피팅 모델이었습니다. 인터넷 카페에서 피팅 모델 정보를 얻었습니다. 피팅 모델이 필요한 사람과 모델 일을 희망하는 사람을 연결해 주는 곳이었기 때문에 따로 수입의 일부를 떼는 일은 없었습니다.

그와 달리, 모델 에이전시는 수입의 일부를 일정 비율로 떼는 시스템이었습니다. 에이전시의 장점은 검증된 업체들과 연결이 되는 것이기 때문에 안정적이고 괜찮은 인맥을 만들 수가 있다는 것입니다.

그에 반해, 인터넷 카페는 확실한 기반은 아니지만, 수입 전체를 본인이 가져갈 수 있었습니다. 모델 일을 원하는 사람이라면 이런 저런 점들을 고려하여 시도해 보는 것도 나쁘지 않다고 생각합니다. 하지만 최근 기사 내용들을 보면 인증되지 않은 개인이 올린 구인 글을 보고 모델을 하고자 하는 학생들이 찾아갔다가 성범죄가 일어나기도 했습니다. 조심해야 될 부분입니다.

모델 에이전시에 회원 가입을 한 후 사진과 프로필을 올렸고, 에이전시에서 연락이 와 미팅도 한 차례 했습니다. 그리고 드디어 한 업체에서 연락이 왔습니다!

두근두근. 업체 측과 촬영이 오전에 잡혔습니다. 동대문 도매 시장은 밤 8시부터 시작해 아침 6시에 끝났습니다. 밤을 꼬박 새우고 바로 피팅 모델 일을 갔죠. 너무 피곤했지만, 처음의 설렘 덕분에 피곤도 다 잊었습니다.

그런데 막상 뭔가를 하려니 처음이라 포즈 취하는 일도 너무나 어색했습니다. 사진사가 많이 답답했을 거라는 생각도 드네요.

하필 제 옆에 쇼핑 광고 모델이 촬영 중이었는데 그분과 비교되는 것 같아 위축감이 들었던 것도 사실입니다. 그걸 보며 많은 생각을 했습니다.

'나는 왜 더 큰 자신감을 갖지 못할까?' 이런 저런 생각들을 하며 확실하게 홀로 서기 위해서는 스스로 노력하는 수밖에 없다는 걸 깨닫게 되었습니다.

두세 시간 촬영 후 받은 돈은 7만 원. 동대문에서 한 달 일하고 받았던 80만 원에 비해 상대적으로 적지 않았습니다. 그리고 일이 거듭될수록 재미도 있었습니다. 결국 '투잡을 해야겠다!'는 생각이 들었습니다. 동대문 일이 생계를 위한 일이라면, 모델 일은 '내가 하고 싶은 나의 꿈!' 그러던 중 다른 업체에서 또 연락이 왔습니다. 쇼핑몰 사장님이셨고, 저에 대해 좋은 인상을 갖고 계셨습니다. 그곳에서 촬영을 지속적으로 하며 또 다른 곳을 소개받게 되었고, 차츰 저의 모델 일도 규모를 갖게 되었습니다. 결국 꿈으로 간직했던 모델 일을 본격적으로 하기 위해 동대문 일을 그만두었습니다.

본인이 진정 원하는 것을 하기 위해서는 생계도 놓칠 수 없는 부분이니, 일과 꿈의 비율을 7:3 정도로 두면 좋을 것 같습니다. 매일 하루의 3할 정도는 정말 원하는 꿈을 위하여 준비하고 노력하는 시간을 갖는 거죠. 그러다 보면 어느 순간 그 꿈의 비중이 5할, 8할로 점점 커지다가 결국 본업이 되는 순간이 오게 됩니다.

처음부터 제가 모델 일에 능숙했던 것은 아니었습니다. 화장도 서툴렀고, 어설픈 느낌을 사진 속에 전달한 적도 많았습니다. 하지만 그것도 잠시였습니다. 저는 이 일에 꾸준히 도전함으로써, 차츰 본연의 자리를 찾아가고 있었습니다.

한 달에 몇 번 촬영하고, 몇 백 정도의 적지 않은 수입을 얻게 되었습니다. 고정으로 촬영하는 곳도 생겼습니다. 그리하여 마침내 하루에 서너 곳을 방문해 모델 일을 하게 됐습니다.

일이 많아진 것은 좋았지만, 발에 맞지도 않는 신발을 신고 일을 해야 하는 고충도 있었습니다. 그런 날은 집에 가서 누우면 온몸이 두들겨 맞은 것처럼 아프기도 했습니다.

언젠가 모 사이트에 모델로 활동하던 사진을 올렸더니, 방송국에서 연락이 왔습니다. 그렇게 해서 방송 일을 하게 되었습니다. 가장 처음 출연한 것이 공중파 SBS의 "슈퍼아이"라는 프로였습니다. 연예인 현영 씨가 MC로 있던 프로였는데, 제가 맡은 일은 초콜릿 팩을 해서 피부가 촉촉해지는 것을 시연하는 역할이었습니다.

KBS "세상의 아침"에 출연해 드레스 입은 모델 역할을 하기도 했습니다. 이 때는 지방으로 촬영을 가기 위해 새벽같이 일어나서 이동을 해야만 했습니다. "생활의 달인"이라는 프로그램에서는 꽤 여러 번 출연 의뢰가 왔습니다.

한 번은 웨딩드레스 '최강 달인'을 선정할 때 드레스 모델로 나갔는데, 제가 입었던 장효창 선생님의 드레스가 최강으로 뽑혔습니다. 그것이 기사화되면서 처음으로 제 얼굴이 신문에 실리기도 했었죠.

모델 일을 하며 가수 올댓의 뮤직비디오 여주인공이 되기도 했습니다. 아쉽게도 시중에 유통 되지는 않았지만, 모델로서의 또 다른 재미난(?) 경험이었습니다. 모델 일은 다른 영역으로 확장되기도 했습니다. 연기를 하거나 행사의 사회를 할 기회들도 생겨났죠. 많이 부족했던 제가 이런 풍부한 경험을 하게 된 것은 매사에 최선을 다하려는 마음과, 만나는 사람들에게 정성을 다하려고 했던 태도 때문이 아니었을까 싶습니다.

모델 일을 하며 가장 힘들었던 것은 역시 사람들과의 문제였습니다. 종종 불순한 의도로 접근하는 사람들이 있었죠. 어릴 때는 분별력이나 순발력도 없었지만, 사진을 찍어 잘되고 싶은 욕심이 조금은 있었습니다. 그러다 보니 이러저러한 시행착오가 생기기도 했습니다. 어떤 스튜디오를 운영하는 실장님을 만났을 때의 일입니다. 거기서 빨간색 끈이 달린 슬립 형태의 옷을 입고 프로필 사진을 찍었습니다. 프로필 사진이 있으면 다양한 일들을 더 많이 소개 받을 수 있다는 것이었습니다.

제가 봐도 제 몸이 그렇게 섹시한 몸은 아닌데 그런 사진을 찍는 게 아무래도 부자연스러운 상황이 아닐까? 그런 생각이 들었습니다. 하지만 이미 시작된 일이었고, 저는 촬영이 끝날 때까지 감정을 억누르고 웃음 띤 얼굴로 카메라 앞에 있을 수밖에 없었습니다.

그날 촬영 후에 엄청 울었고, 친구에게 제가 받은 수치심에 대해서도 하소연했습니다.

'왜 나는 하기 싫은 일을 똑 부러지게 거절하지 못했을까?' 하는 생각이 들면서 스스로가 바보같이 느껴졌습니다. 집에 가서도 흐르는 눈물을 주체할 수가 없었습니다. 정말 안 좋은 기억으로 남아 있습니다.

후배들에게도 이런 부분은 조심하라고 꼭 당부하고 싶습니다. 그때의 저처럼 순진하고, 어리고, 아는 이가 없는 모델 지망생이라면 믿을 만한 보호자나 자문을 구할 수 있는 사람을 데리고 가는 것도 좋은 방법입니다. 여자가 혼자 다니는 것은 생각보다 훨씬 더 위험하니 말입니다.

저와 같은 일을 겪지 않기 위해 어린 친구들을 도울 수 있는 프로그램이 있으면 좋겠다는 생각도 해 봅니다. 자신의 꿈을 비뚤어지지 않고, 건강하게 키울 수 있도록 모델계에도 멘토 제도 같은 것이 있으면 좋겠습니다.

이 일을 하면서 보람도 많았습니다.

코엑스처럼 사람이 많은 곳에서 촬영을 하기도 했는데, 많은 사람들 앞에서 부끄러움을 극복하고 자연스럽고 당당하게 포즈를 취하는 제 자신을 보니 자랑스럽게 느껴졌습니다. TV에 나온 딸을 보며 행복해 하는 엄마의 모습을 보며 저도 덩달아 행복해졌습니다.

사진 모델을 하며 얻은 것 또한 참 많습니다. 한때 구혜선 닮은꼴로도 알려진 적이 있었는데 그 사진 한 장 덕분에 모 구인 광고지 행사에 참여해 백화점 상품권을 받기도 했고, SNS에 다양한 사진을 올려 SNS가 활성화되기도 했습니다.

젊은 날 아름다운 모습을 남기는 건 소중한 일이라는 생각도 듭니다. 지나고 나서 보니, 나이에 상관없이 사진을 기록으로 남기면 나중엔 그것이 재산이 되고, 책도 될 수 있다는 생각이 듭니다.

우리 모두는 자신의 삶에서 가장 아름다운 '모델'입니다. 스스로를 가꾸며 정갈한 존재로 유지되는 건, 모두의 특권이자 즐거움이 될 수 있습니다. 오늘도 저는 스스로를 되돌아보며 '나의 삶이 나의 본질적 특성에 부합되었는지' 생각해 봅니다.

#5

카페 창업,
'우선 질러!'
38.9% 대출로 시작!

오래전부터 카페를 차려 보고 싶은 생각이 있었습니다.

제가 만들고 싶었던 공간은 단순한 '카페' 이상의 의미가 있었습니다. 의미 있는 일을 하는 사람들과 함께하는 '공간 나눔' 차원에서 '카페 경영'은 정말 한 번쯤 해 보고 싶은 일이었습니다. 물론 저에겐 돈이 많지 않았습니다. 아니, 거의 없었다고 하는 게 맞을지도 모르겠습니다. 그렇지만 철없고 용기만 가득했던 시절, 저의 '우선 질러!' 식의 열정을 막을 수 있는 건 아무것도 없었습니다.

남들은 두려워한다는 제2 금융권 대출까지 받아서 만든 금액이 2300만 원이었습니다. 자그마치 이자가 1년에 38.9%였습니다. 하지만 정말 뭘 모르고 덤볐던 그때는 그게 얼마나 높은 이자인지 체감하지 못했습니다. 감당해 내야 할 '책임'에 대한 생각보다는 지금 당장 카페를 차리고자 하는 생각이 저를 행동하고, 움직이게 만들었습니다.

거기에 월세로 살던 집 보증금을 빼서 1000만 원을 더 만들었습니다.

그렇게 만들어진 돈과 동업자의 돈이 합해져서 홍대에 30평 조금 넘는 카페를 열게 되었습니다. 집 보증금을 뺐기에 먹고 잘 데가 없어진 저로서는 카페 지하 창고에서 숙식을 해결할 수밖에 없었습니다.

머리가 굵어지고 나이를 먹어 버린 지금은 생각할 수도 없고, 만약 한다 해도 많은 고민을 하게 될 거라 생각합니다. 하지만 그때는 분별력 없는 지나친 열정 덕분에 이런저런 경험들을 할 수 있었습니다.

물론 그에 따른 책임도 따랐기 때문에 몹시 힘들었던 것도 사실입니다.

하지만 그때의 경험과 추억들은 지금의 저를 만들어 준 매우 좋은 자산이 되었습니다.

사업을 하면서 더 중요하고 덜 중요한 것이 무엇인지, 각별히 더 신경 써야 할 부분은 무엇인지, 고객의 배려를 위하여 최선을 다한다는 것이 무엇을 의미하는지 등 다른 곳에서는 결코 배울 수 없는 소중한 인생 공부를 했기 때문입니다.

이런 것들은 학교나 학원 같은 곳에서 배울 수 없습니다.

설혹, 이론으로 배운다 해도 그것을 몸으로 체득하는 것은 완전히 의미가 다릅니다.

모두에게 주어진 숙제는

"각자 자신의 젊음을 시도하라."는 것입니다.

이것은 우리의 나이와는 아무 상관이 없습니다.

자신의 가능성을 시도할 수 있는 "젊음"은 모두에게 존재합니다.

이 글을 읽고 있을 아름다운

그 누군가에게도 말입니다.

그런 면에서 이전의 경험들은 저의 감성과 성품의 미덕을 채워 간 하나의 이정표가 되었습니다.

시간이 지난 지금, 고객의 입장이 되어 카페나 음식점 같은 매장을 방문하게 될 때, 저는 그 운영자들의 심리나 어려움들을 떠올리곤 합니다.

다른 사람에게 '감정이입'을 잘할 수 있게 바뀐 것도 어쩌면 그때의 경험들 때문인지도 모릅니다.

지금 이 시점에서 카페에 대한 경험들을 회고하며, 제가 하고 싶은 이야기는 무엇일까요? 아마 젊음에 대한 이야기가 아닐까 싶습니다.

아직 파릇파릇한 감성과 많은 가능성을 갖고 있는 이들에게 그들이 가진 가능성에 대해 '너무 많은 계산을 하지 말라.'고 일러 주고 싶습니다. 물론 어떤 일을 할 때 미리 '비용 계산'을 해 볼 필요는 있습니다.

저처럼 무모하게 고금리 대출까지 해 가며 어떤 일을 하라는 것이 아닙니다. 다만, 제가 그 아련한 추억들을 떠올리면서 하고 싶었던 말은 "너무 많이 계산기를 튕기다 보면 정작 내가 하고 싶은 일들은 하나도 할 수 없을지 모른다." 는 것입니다.

순수한 열정이 아직 자신의 심장을 따스하게 데우고 있을 때 용기를 내고 도전해 보는 것만큼 훗날 자신을 뿌듯하게 하는 것도 없습니다.

도전하기보다는 뒤로 물러나 손익을 따지는 것은 신중하다고 볼 수도 있습니다. 하지만 위험성이나 개연성이 없는 일은 세상에 없습니다.

결국 이렇게 저렇게 따지다 보면 아무것도 할 수 없는 게 현실입니다.

고백하건데, 카페 일은 저를 벼랑 끝으로 몰아넣은 경험이기도 했습니다. 하지만 그런 일들을 만들어 내고, 어려움들에 맞서다 보니, 이제는 아주 어려운 일들에 대해서도 '할 수 있어!'라는 가능성을 타진하게 되었습니다.

카페 창고에서 먹고 자고 하면서 눈물을 흘린 적도 무수히 많았습니다.

"거지가 되어 보라."는 옛말처럼, '최하의 삶'은 저를 매우 강한 사람으로 만들어 주었습니다. 어쩌면 사람들이 말하는 '최상의 삶'이라는 것은 어느 날 우연히 주어지는 것이 아니라, '최악'이라고 여겨지는 삶을 꿋꿋하게 극복한 이에게 주어지는 '정당한 결과'인지도 모른다는 생각이 듭니다.

꿈은 '쫓아가는 것'이 아니라, '만들어 가는 것'입니다.

저는 그렇게 믿고 있습니다. 쫓아가고 동경하기만 해서는 평생 아무것도 하지 못할 수도 있습니다. 내가 가진 가능성의 그릇에 일단 무언가를 담아 보면, 그것이 내가 품을 수 있는 것인지 아닌지를 알게 됩니다.

시도했던 일들이 나와 맞지 않다는 것을 알게 된다 해도 괜찮습니다. 그 경험만큼 더 유연해지고 강해지기 때문입니다.

'시도'하지 않는다면, 이룰 수 있는 것은 아무것도 없습니다.

모두에게 주어진 숙제는 "각자 자신의 젊음을 바쳐 시도하라."는 것입니다.

이것은 우리의 나이와는 아무 상관이 없습니다.

자신의 가능성을 시도할 수 있는 "젊음"은 모두에게 존재합니다.

이 글을 읽고 있을 아름다운 그 누군가에게도 말입니다.

#6

정성을 담다,
'오늘의 밥'
그리고 사람

미래에 기업을 경영하게 된다면, '사람을 최고로 생각하는 기업'을 경영하고 싶습니다. 기업의 몸집이 크든 작든 그건 상관이 없습니다.

우리가 하는 모든 일은 '사람'과 연관되어 있습니다. 사람을 만나지 않고 공장에서 어떤 제품을 만들기만 한다고 해도, 결국 그 물건을 사용하는 주체는 '사람'입니다.

누군가가 자신이 만든 물건을 사용할 것이라는 마음으로 물건을 만들면 제품의 질이나 작업의 능률은 오를 수밖에 없습니다.

저는 기본적으로 '매사에 정성을 다하는 삶을 살아야 한다.'는 생각을 갖고 있습니다. '먹고 사는 문제'는 삶에서 매우 중요한 문제임에는 틀림없습니다. 하지만 자신이 하고 있는 일들의 품위를 떨어뜨리면서까지 돈을 벌어야 한다면 그런 일은 안 하느니만 못 하다고 생각합니다.

사람을 '돈을 버는 대상'으로만 생각하는 것도 자신이 하는 일의 품위를 '떨어뜨리는'일입니다. 어떤 종류의 일을 하느냐는 중요하지 않습니다. 일의 '가치'는 '어떤 일을 하느냐'에 의해 결정되는 것이 아니라, 어느 만큼의 '사랑'과 '정성'을 가지고 일을 하느냐에 의해 결정됩니다.

많은 사람이 창업을 꿈꿉니다.

'나만의 작은 카페'를 꿈꾸며 살아가는 사람도 많습니다.

그런데 많은 사람들이 쉽게 생각하는 카페 창업 또한 쉽지만은 않습니다. 홍대 주택가 외진 골목, 사람들이 전혀 생각지 못한 곳에 위치한 카페에서 저는 다른 것들을 생각했습니다.

카페라고 음료만 팔라는 법은 없습니다.

같이 동업한 분께서 바리스타를 하셨기에, 저는 음료와는 다른 쪽을 생각했습니다. 그래서 요리를 담당했습니다. 카페를 인수할 때에 샌드위치 만드는 방법을 전수 받기도 했습니다. 샌드위치 메뉴 하나를 개발하기 위해서 밤새도록 3, 4가지를 만들어 먹어 보고, 그중에서 가장 만들기 편하면서도 맛있는 샌드위치를 결정했을 때의 기쁨은 아직도 기억에 생생히 남아 있습니다.

그렇게 만들어진 샌드위치는 카페를 찾는 손님들이 즐겨 찾는 단골 메뉴가 되었습니다.

저는 요리하는 것을 좋아했고, 요리에 관심이 많아서 제가 만든 요리를 사람들에게 대접하는 것이 좋았습니다. 소중한 사람들이 제가 만든 음식을 먹고, 행복한 표정을 지을 때 큰 만족감을 느꼈습니다. 그런 요리에 대한 관심이 카페를 할 때 더욱 커졌습니다.

어차피 집 없이 카페 창고에서 지내야 했기에, 그 시간을 요리 연구하는 시간으로 활용했습니다. 인터넷을 뒤지고, 책을 보며 '어떤 요리를 하면 지금 운영하고 있는 카페와 잘 어울릴까?' 고민하던 중, 〈심야식당〉을 보게 되었습니다.

신주쿠 뒷골목에 위치한 이곳은 밤 12시부터 오전 7시까지 문을 여는 식당입니다.

사람들은 이 식당을 심야식당이라고 불렀습니다. 원래 단출한 메뉴가 있지만, 주인아저씨는 손님이 요청하면 무엇이든 만들어 줍니다. 빨간 비엔나 소시지, 고양이밥, 명란젓, 라면 등 주로 밤에 일하며 고단한 삶을 사는 손님들이 주문하는 음식들. 그 속에는 삶의 애환과 사연이 담겨 있었습니다.

그들의 추억과 사랑, 아픔은 주인아저씨의 소박한 음식 한 접시로 따스한 위로를 받습니다. 그 내용을 보며 저 또한 생각했습니다.

'그래. 나도 손님들을 위해 매일 다른 메뉴를 만들어 보는 거야! 손님들이 맛있게 먹을 수 있는, 가슴까지 따스해지는 그런 음식들을 만들어 보자! 매일 다른 음식들을 선정하고 개발해서 '오늘의 밥'이라는 메뉴에 담아 보자!'

가슴이 뜨거워지기 시작했습니다.

무엇인가 재밌는 놀잇감을 발견한 아이처럼 밤이 늦어지고, 해가 떠도 전혀 피곤하지 않았습니다. 눈은 침침했지만, 머리는 맑았습니다. 특색 있는 요리 책들을 찾기 시작했습니다. 그리고 메뉴를 하나씩 선정했습니다. 더 알고 싶은 부분이 있을 땐 근처 서점에 가서 공부했습니다. 그 당시엔 카페 운영비가 늘 부족했기에, 책을 살 수 없어서 몰래 사진에 담아 오거나 메모를 하면서 배워 나갔습니다. 그렇게 간절하게 배운 것들은 시간이 지나도 잊히지 않는다는 것도 그때 배웠습니다.

큰마음 먹고 장만한 요리책은 반복해서 읽었고, 마음에 드는 메뉴가 있는 페이지는 형형색색의 색깔로 뒤덮였습니다. 오색나물비빔밥과 카레돈가스덮밥을 개발했고, 복날에는 삼계탕을 만들기도 했습니다. 그중에 인기가 많은 음식은 '정식 요리 메뉴'로 메뉴판에 올렸습니다.

가장 인기가 많은 메뉴는 베이컨덮밥과 카레돈가스덮밥이었습니다. 간편하게 한 끼를 해결할 수 있지만, 든든하게 배를 채울 수 있는 메뉴들이었습니다.

서울에는 집을 떠나 타향살이를 하고 있는 학생들이 많습니다. 홍대 부근에는 특히 예술을 하며 고독하게 삶을 개척해 나아가는 학생들이 많았습니다. 미술을 전공하는 한 동생은 카레를 좋아해서 카레 메뉴가 있는 날이면 언제나

한 명 한 명의 취향에 맞춰서 만들어진 음식은

배려심과 상대방을 생각하는 마음이 담겨 있어

먹어 보지 않아도 '맛있다'는

느낌을 줍니다.

와서 먹었습니다.

"언니가 만드는 카레는 맛있어!"라며 동생이 엄지손가락을 척 치켜 세워든 모습은 아직도 눈에 선합니다.

누구든 카페에 방문하는 손님들에게 내가 만든 따스한 밥 한 그릇에 정성을 담아 대접하고, 그 사람들에게 조금이나마 위로가 되길 바랐습니다. 그것이 아마 조금은 위로가 되지 않았을까요?

매일 아침 유기농 재료를 사러 먼 길을 마다 않고 장을 보러 다녀오곤 했습니다. 장을 봐서 돌아오는 길은 항상 무거운 양손의 재료들 때문에 멀게만 느껴졌지요. 그래도 좋은 것으로 만든 요리를 대접할 수 있다는 생각에 마음은 늘 뿌듯했습니다.

아무리 정성이 들어간 음식이라 하더라도, 재료가 싱싱하지 않으면, 본질이 탄탄하지 않으면 아무 소용이 없다는 생각이 들었습니다.

그래서 그런 작은 수고로움은 당연하게 여겨졌습니다.

요리를 만드는 주방은 손님들이 훤히 볼 수 있는 '개방' 형태였습니다. 손님들에게 제가 만드는 음식에 대한 신뢰감을 주기 위해서였습니다. 그만큼 책임감을 갖고 '정직한' 음식을 만들어 내기 위해 노력했습니다.

제가 먹는 음식이라는 생각을 갖고 더욱 꼼꼼하고 깐깐하게 조리했습니다.

그러한 마음과 정성이 통했는지, 커피를 마시러 들렀던 손님들도 간혹 식사를 주문하여 더 오랜 시간 우리 카페에 머무르셨고, 결국 우리는 더 친근한 이미지의 카페를 만들어 갈 수 있었습니다.

사실, 저는 요리를 전문적으로 배운 요리사가 아닙니다.

하지만 시행착오와 테스트를 통해서 더 좋은 맛과 영양을 담은 '건강한 요리'가 무엇인지에 대해 많이 생각할 수 있었습니다.

제 짧은 소견이지만 요리는 '타이밍과 사람에 대한 사랑이 빚어내는 예술'입니다. 여느 예술품들은 작가가 원하는 시간만큼 충분한 숙고를 하여 만들어 내곤 합니다. 하지만 요리는 그렇게 긴 시간을 들여 만들어 낼 수 있는 것이 아닙니다.

순간적인 판단력을 사용해 '적절한 타이밍'과 '기교' 그리고 먹는 사람에 대한 '사랑'을 버무려 만드는 것입니다.

강연을 갔을 때 많은 사람들이 "맛있는 음식을 만드는 비결"이 무엇이냐고 묻습니다.

그럼 저는 청중 중 한 분께 고객 역할을 부탁드리며, 저에게 음식을 주문하도록 합니다. 청중 분께서 "떡볶이 주세요."라고 말씀하시면 저는 이렇게 답합니다.

"손님, 매운 맛 좋아하세요, 달콤한 맛 좋아하세요?"

그는 본인이 좋아하는 스타일을 답합니다. 그러면 저는 음식이 나왔다는 모션을 취한 뒤 "맛이 어떠세요?"라고 물어봅니다.

모든 분들이 이렇게 답합니다.

"맛있어요!"

여기서 저는 독자 분들께 묻고 싶습니다.

"어떻게 먹어 보지도 않았는데 맛있다는 답변이 나올 수 있었을까요?"

한 명 한 명의 취향에 맞춰서 만들어진 음식은 상대방을 정성껏 배려하는 마음이 담겨 있기에 먹어 보지 않아도 '맛있다'는 느낌을 줍니다.

먹어 없어질 요리이지만, 그렇게 만들어진 '예술품'은 사람들에게 보다 직접적이고 실질적인 영향을 미치게 됩니다. 이 '예술품'은 먹는 사람들의 건강과 미소로 형태가 바뀌어 긍정적인 에너지를 세상에 쏟아 냅니다.

무엇보다 중요한 것은 '정성'입니다. 그리고 이 '정성'이라는 모토는 제가 평생을 추구할 삶의 방향이기도 합니다.

#7

파티 플래너+카페

또 다른

나눔의 자리

　이전에 다양한 공간을 가졌을 때 '카페'라는 공간이 얼마든지 카페 이상의 의미를 지닌 또 다른 '스테이지'가 될 수 있다는 사실을 깨달았습니다. 좀 더 구체적으로 말하자면, 그 '공간'은 아름답고 가치 있는 호흡들이 함께 어울려 더 훌륭한 일을 할 수 있는 '나눔의 자리'가 될 수 있었습니다. '나눔'은 하나의 수단입니다. 더 중요한 것은 그러한 공간 나눔이 훌륭한 '가치'를 만들어 낸다는 데 있습니다.

　잠깐이긴 했지만, 파티 플래너로 일했던 적이 있었습니다. '파티'라고 해서 꼭 부유한 사람들을 위한 화려한 행사 이미지를 떠올릴 필요는 없습니다. 쉽게 프러포즈를 하지 못하는 연인들에게는 공간을 아름답게 꾸미고 분위기를 만들어 주는 것, 많은 사람들이 모여서 즐겁게 어울릴 수 있는 사교의 장을 만들어 주는 것 등을 생각하면 될 것 같습니다.

　프러포즈를 하지 못하는 어떤 연인에게는 그곳은 매우 의미가 있고 따뜻한 공간이 될 수 있습니다. '고백'이라는 매우 뜻깊은 가치가 더해지면서, 그 공간은 세상 그 어느 곳보다 더 따뜻하고 밝은 곳이 됩니다.

공간은 의미 있는 시간과 훌륭한 사람들을 만나면 또 다른 '나눔의 장'이 됩니다. 이전에 카페를 운영하면서 '와인 파티'와 '맥주 파티'를 그곳에서 기획하여 진행한 적이 있었습니다. 포토그래퍼, DJ, 스태프 등 많은 주변 지인 분들께서 아낌없이 재능을 나눠 주었습니다. 초대받고 참여한 많은 사람들이 기쁘게 즐기는 모습을 보니, 흐뭇하고 행복했습니다. 어릴 때부터 다른 사람들이 행복해 하는 모습에서 행복을 느끼곤 했던 저에게 파티 플래너는 어찌 보면 꼭 맞는 직업인지도 모르겠습니다.

공간을 갖고 있다는 것은 매우 큰 장점입니다. 교통이 좋고 사람들이 어울리기 좋은 위치에 있다면 더욱 좋겠지만, 꼭 그렇지 않아도 공간의 존재는 여러모로 유익하고 의미 있는 가치로 창조될 수 있습니다.

이 부분에서 관점의 전환이 필요합니다.

작은 떡볶이집이라 하더라도, 그 공간은 얼마든지 다른 공간이 될 수 있습니다. 가령, 만남의 장소가 되거나, 돈이 없어 사 먹지 못하는 사람을 위한 '미리내' 공간이 될 수도 있습니다. 이색적인 프러포즈 공간이 될 수도 있고, 청춘

들의 음악 공유 공간이 될 수도 있고, 작은 전시회장이 될 수도 있습니다. 공간의 활용은 그 공간을 소유한 사람이 얼마나 창의적으로 아이디어를 짜내느냐에 따라 크게 달라질 수 있습니다.

우리 모두는 어떤 형태로든 주변의 사람들과 관계를 맺고 살아갑니다. 우리는 커뮤니티의 일원이기도 하고 또 어떤 모임에서는 리더로서 일하는 경우도 있습니다.

또 우리는 본인의 삶을 책임지는 '리더'이기도 합니다. 어떤 경우에도, 자신이 가진 공간은 아주 가치 있는 공간으로 변할 수 있습니다. 거기에는 큰 돈이 필요한 게 아닙니다. 사람들의 아름다운 가치와 약간의 노력이면 충분합니다.

파티는 부유층의 전유물이 아닙니다.

우리의 삶 그 자체로서의 매일매일이 축제이며 파티입니다. 우리의 삶은 언제나 이벤트로 가득 차 있으며, 스스로 마음먹기에 따라 얼마든지 즐거운 시간으로 바뀔 수 있기 때문입니다.

저는 '소박한 공간'이 가치 있는 것들을 함께하는 '훌륭한 공간'으로 변하는 모습을 여러 차례 보았습니다.

어릴 때부터 다른 사람들이
행복해 하는 모습에서
행복을 느끼곤 했던 저에게
파티 플래너는 어찌 보면 꼭 맞는
직업인지도 모릅니다.

　그리고 그렇게 만들어진 공간은 많은 사람들에게 삶을 흔들어 놓을 수도 있
는 특별한 추억을 선사합니다.

　사람에게 '기억'이란 정말 소중한 것입니다.

　우리 모두 각자의 추억을 먹고 사는 '특별한 존재'이기 때문입니다.

#8

창업가이자
조언가가
되다

 브이너스라는 슈즈 브랜드를 만들어 디자이너 일을 하게 된 것도, 카페를 구상해서 내가 직접 운영하는 카페를 갖게 된 것도 결국은 저의 마음과 생각이 만들어 낸 일이었습니다.

 저는 꽤 여러 개의 직업을 가진 사람이었습니다.

 그렇지만 그 어느 것 하나도 놓지 않고 능동적으로 모든 것들을 관리해 나갔습니다.

 어쩌면 '창업가'라는 것 자체가 저를 대신하는 하나의 타이틀이었는지도 모릅니다.

 창업을 하려 한다면, 판매하려는 상품에 대한 기획이 정말 중요합니다. 서비스든 상품이든 그것이 팔릴 상품인지를 검토하는 과정이 반드시 필요합니다. 어떻게 기획되고 어떻게 포장되어야 그것을 즐기는 사람들의 감성을 움직일 수 있을 것인지에 대한 세심한 주의가 요구됩니다.

떡볶이집이니까 떡볶이를 팔고, 신발 가게니까 신발을 파는 식의 천편일률적인 생각으로는 좋은 결과를 만들 수가 없습니다.

모 대학가에 '깜장커피'라는 카페가 있습니다.

한 번은 강연이 끝나고 저에게 커피 원두를 주시며 꼭 한번 방문해 달라고 하신 분이 있었습니다. 그렇게 하겠다고 약속을 했기에 시간을 내서 그곳을 방문했습니다.

실제로 가 보니 매장도 여느 카페보다 훨씬 넓었고, 커피 맛과 분위기도 좋았습니다.

하지만 남자 분들이 운영하는 곳이라 그런지, 감성을 자극하는 카페로서는 어딘가 모르게 아쉬운 점이 남았습니다.

경우에 따라서는 커피의 완벽함만을 추구하기보다는 그 외 부수적인 것들에 대한 섬세한 배려가 더 필요하기도 합니다.

예를 들어, 커피와 함께 먹을 수 있는 브라우니 같은 것을 개발하거나, 작은 이벤트로 고객을 즐겁게 해 주는 것도 필요합니다. 당연히 그런 곳들은 고객들 사이에서 입소문이 날 수밖에 없습니다.

제가 방문했던 그곳은 디저트 부분에서 아쉬운 점이 있었습니다. '아, 디저트가 맛은 좋은데 모양이 너무 아쉽다.'는 생각이 들었습니다.

요즘 고객들은 단순히 '먹기 위해' 그런 곳들을 방문하지 않습니다. 맛있기도 해야 하지만, 본인의 SNS에 올리기 위해서라도 '보기에' 예쁘고 특색 있는 음식이나 카페를 선호합니다.

예쁜 접시에 담긴 음식의 사진을 찍어 본인의 SNS에 올립니다.

솔직히 그곳은 그런 감성을 건드리지 못한 것 같았습니다. 그래서 소비자들의 숨은 심리와 더불어 이벤트까지 열수 있는 아이디어들을 제안해 드렸습니다. 그리고 검색을 해서 예쁘게 플레이팅 된 디저트 사진들도 몇 장 보내드렸더니 사장님께서 그 제안을 기꺼이 받아들이셨습니다.

일주일이 채 지나지 않은 어느 날, 카톡 메시지가 왔습니다.

사장님은 그간 연구해서 변화된 디저트 플레이팅을 사진으로 보내주셨습니다. 사진으로 받아 본 저는 무척 감격했습니다.

"이렇게나 예쁘게 변화시키셨다니!"

사장님은 이런 메시지도 함께 주셨습니다.

"변화를 주니 사람들이 더 좋아하더라고요. 감사드려요. 지난 1년이 창피하기까지 한걸요.^^ 그동안 맛만 있으면 된다고 착각하고 있었던 게 부끄럽네

창업을 하려 한다면,

판매하려는 상품에 대한 기획이 정말 중요합니다.

서비스든 상품이든 그것이 팔릴 상품인지를

검토하는 과정이 반드시 필요합니다.

요. 매일매일 계속 회의하고, 손님들에게 다가가려고 노력 중이랍니다."

사실 변화라는 것은 말이 쉽지, 참으로 어렵습니다.

사람들에게는 그동안 해 오던 일종의 '패턴' 같은 것이 있기 때문에 하나를 바꾸려 해도 전체에 영향을 줄 수 있는 엄청난 조정이 요구되기도 합니다.

위에 언급된 대표님께서 '변화'할 수 있었던 것은 '경청의 미덕'과 '포용력'이 있었기 때문이라는 생각이 듭니다.

사실, 나이 어린 제 말을 흘려들었다면 그런 변화를 만들어 낼 수 없었을 것입니다. 그런 면에서 보면, '열려 있는 귀'를 갖는 것 또한 창업에 굉장히 중요한 포인트라고 볼 수 있습니다.

창업을 여러 차례 해 본 제가 한 가지 명확하게 말할 수 있는 것은, 사람들은 판매자가 '해 주겠다'고 약속한 것을 줄 때는 그다지 감동을 하지 않는다는 사실입니다.

고객들은 그런 것들을 '당연한 것'으로 받아들입니다.

하지만 약속되어 있지 않고, 기대하지도 않았던 작은 배려가 보이면, 큰 감동을 받게 됩니다.

서비스에서도 그런 '센스'가 필요합니다.

예전 카페를 운영할 때 일본인 손님이 방문한 적이 있습니다.

항상 '어떤 이벤트를 제공해서 손님들을 기쁘게 해 드릴까?'라는 생각을 갖고 있던 저는 얼른 검색창에 일본어를 검색해 보았습니다. 그리고 주문한 브라우니에 "환영합니다" 를 일본어로 적어서 테이블에 놓아 드렸습니다.

테이블에 놓인 브라우니를 본 손님들께서는 "꺄!" 하는 환호성과 함께 두 팔을 번쩍 들고 너무나도 좋아하셨습니다.

사소해 보이는 작은 배려가 큰 감동을 만든 것입니다.

고객들은 늘 '기대 이상'을 생각하기 마련입니다.

하지만 그 '기대 이상'은 그렇게 어렵지 않습니다.

고객이 기대한 것을 맞추는 데 과도한 힘을 기울이기보다는, 기대하지도 않았던 무언가를 제공하는 일에 적은 에너지라도 기울이는 것이 효율성도 더 좋고, 더 큰 감동을 줄 수 있습니다.

얼마 전, 충북대학교 학생들에게 창업 강의를 한 적이 있었습니다. 강의가 끝나고 많은 친구들로부터 메시지를 받았는데, 한 친구가 이런 메시지를 보냈습니다.

너무나도 뜻깊은 강연이었고, 저처럼 다른 사람을 돕는 일에 자신의 활력을 사용하고 싶다는 것이었습니다. 개인적으로 '기업의 사회적 책임'에 대해 스스로가 갖고 있는 생각을 나누고, 희망 컨설팅을 통해 누군가의 진가를 찾아 줄 수 있는 사람이 되겠다는 말을 했습니다.

제 경험과 이야기를 통해 학생이 더욱 멋진 꿈과 목표를 생각하게 되었다는 말은 제게도 큰 감동이었습니다.

창업과 관련된 제 생각을 SNS에 올리면서 꽤 많은 사람들이 제 이야기에 귀를 기울여 주었습니다. 때로는 개인적인 질문들을 받기도 했는데, 그런 질문들에 답변을 해 주면서 보람을 느끼기도 했습니다.

어떻게 팔 것인지, 고객을 끌어들이기 위해 어떤 노력을 할 것인지 생각하는 것은 '나를 향한 끝없는 물음'이기도 했습니다.

그것은 단지 서비스나 상품을 파는 것에 그치지 않고, 그렇게 하는 동안 '나'는 다른 사람들에게 더 매력적이고 호감을 불러일으키는 사람이 되어 가는 것을 의미하였습니다.

모임을 만들거나 문화적 접근을 통한 미술 전시회, 음악의 컬래버레이션 등 수없이 많은 시도들을 했습니다. 중요한 것은 '상대의 입장'에서 생각하려는 능동적인 자세입니다. 그렇게 한다면, 수없이 많은 '경우의 수' 가운데에서도 꽤 성공적으로 자신의 일을 꾸려 나갈 수 있다고 저는 믿고 있습니다.

'창업'을 준비할 때, 그것은 단순히 '나와 관련된 무언가를 하는 것' 이라고 생각하기가 쉽습니다. 그러나 저에게 '창업'이란 '나의 생각을 물질의 형태로 드러내는 것'입니다.

쉽게 표현해서 이건 '다른 형태의 나를 발견하는 과정'입니다.

그것이 분식집이거나, 카페이거나 그런 건 중요하지 않습니다.

다만, 스스로의 생각과 나름의 철학이 담기면, 장기적으로 그 일은 성공할 것이라고 생각합니다.

개개인의 삶

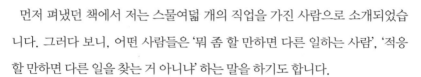

먼저 펴냈던 책에서 저는 스물여덟 개의 직업을 가진 사람으로 소개되었습니다. 그러다 보니, 어떤 사람들은 '뭐 좀 할 만하면 다른 일하는 사람', '적응할 만하면 다른 일을 찾는 거 아니냐' 하는 말을 하기도 합니다.

딱히 그런 말에 일일이 반박할 생각은 없습니다. 적어도 저는 평범한 직장에 다니는 '샐러리맨'은 아니기 때문입니다. 많은 직업을 가진 것도 사실이고, 그래서 그런 오해가 생길 수 있다는 것도 알고 있습니다.

저는 적어도 저의 젊음을 한곳에 고정하고 싶지 않았습니다. 되도록 많은 일을 경험하고 싶었고, 내 가슴에 살아 움직이는 힘이 오롯이 존재하고 있을 때 할 수 있는 한, 다양한 삶의 모습을 갖고 싶었습니다. 그건 단순한 변덕이나 변심이 아닙니다. 지적인 호기심과 내면적 만족에 대한 욕구가 충족되면 저는 언제나 또 다른 경험을 찾아 새로운 세계를 찾아 나섰습니다.

다분히 의도적인 것이었습니다. 우리의 삶은 유한하기 때문입니다. 그리고 개개인의 삶의 주인공은 바로 '본인'입니다.

누구나 본인이 살아가고자 하는 삶을 살아갈 권리가 있습니다.

흔히, 이십 대에는 더 많은 것을 경험하고 싶어 하고, 삼십 대가 되면 안정을 찾고 싶어 한다고 합니다. 저도 남들과 다르지 않았습니다. 많은 것을 경험하고 싶어 했던 내면의 소리에 좀 더 귀를 기울였을 뿐입니다.

물론, 스스로의 발전을 위해 한 분야에 자신의 활력을 바친 사람들도 매우 훌륭하다고 생각하고, 존경하는 마음도 큽니다. 저는 단지, 저의 인생을 산 것 뿐입니다. 개개인의 삶과 인생은 소중하다고 생각합니다.

올해, 저는 서른한 살이 되었습니다.

앞서 언급한 대로 저 역시 이제는 '안정'이라는 요소를 염두에 두고 있습니다. 하지만 많은 경험을 해 보고 싶은 20대의 열정은 그대로 남아 있습니다.

이제는 '경험의 다양성'보다는 '가치의 다양성'에 눈을 돌려 보고자 하는 생각도 있습니다. 똑같은 '나눔 활동'을 하더라도 좀 더 내실 있고 의미 있는 방법으로 할 수 있는 것에 집중한다거나, 책을 쓰더라도 좀 더 실용적이고 희망이 될 수 있는 '알맹이'를 담고 싶습니다.

얼마 전 헤어숍을 방문했습니다. 그곳에서 24살 앳된 친구를 만났습니다. 대화를 하다 보니, 그 친구는 다른 일을 하고 싶은데도 불구하고, 실패가 두려워서 못 하고 있었습니다.

현재 하는 일의 내실을 기하면서도 충분히 다른 일을 시도해 볼 수 있습니다. 현재 하고 있는 일의 비율을 7 정도로 두고, 앞으로 하고 싶은 일의 비율을 3 정도로 두어 매일매일 보내다 보면, 어느 순간 하고 싶은 일의 비율이 점점 커지는 것을 느낄 수 있을 것입니다.

이다음 책에는 제가 생각하고 있는 "V세대"에 대하여 논하게 될지도 모르겠습니다. 간단히 설명하자면, 기존의 세대는 좋은 직장을 위해 앞으로만 나아간 세대였습니다. 소위, "I형 세대"였습니다. 하지만, 기존의 내실을 다지면서 새로운 가능성의 "가지"를 만들어 갈 수 있는 "V형 세대", 혹은 "V세대"식 사고를 하는 사람들이 세상을 움직이는 리더가 될 수 있다고 보는 것입니다.

그리고 기존에 해 왔던 것들과 새로운 것들을 하며 생기는 통찰력과 직관력이 맞물릴 때, 새로운 직업이 창조될 것이라고 봅니다. 나중에 이 부분과 관련된 보다 자세한 이야기를 할 기회가 있을 것입니다.

V세대를 살아가는 '김진향'은 다양성을 표방하고, 보다 포용적 사고를 갖기 위해 노력하는 나름의 생활 방식을 지닌 사람일 뿐입니다.

삶은 바라는 것들을 위해 행동하고 노력하는 사람들의 편입니다. 제 삶은 이런 생각들로 가득한 편이랍니다.

#9

희망을
노래하다,
가수

어릴 때부터 마음이 답답해지면 노래를 부르곤 했습니다.

밤새도록 노래를 부를 정도로, 노래를 부르는 순간만큼은 너무도 행복했습니다. 어찌 보면, 노래는 저에게 친구 그 이상이었다고도 말할 수 있습니다. 특히 TV에 나와서 노래를 부르고 연주를 하는 밴드를 보고 있으면 저의 가슴은 마구 두근거렸습니다. 중고생 무렵의 감수성은 노래에 대한 막연한 설렘을 무한한 동경으로 바꾸어 놓았습니다.

사실, 여성스러워 보이는 생김새(?)와는 다르게 김윤아, 서문탁, 김경호의 노래처럼 시원하게 지를 수 있는 곡을 좋아했습니다.

가난했던 집안 사정과 늘 아파서 누워 계신 아빠에 대한 느낌 때문인지 항상 가슴이 답답했습니다.

노래는 저에겐 친구이기도 했지만, 스트레스를 푸는 수단이기도 했습니다. 지금도 기억나는 노래가 주피터의 '하늘 끝에서 흘린 눈물'이라는 곡입니다.

포털 사이트에서 검색하면 나오지도 않을 만큼 오래된 노래지만, 음역대가 높은 이 곡을 부를 때면 내면의 희열까지 느껴지는 듯 했습니다.

초등학교 고학년 때부터 노래를 입에 달고 살다 보니, 쉬는 시간마다 친구들은 어쩔 수 없이 제 노래를 들어야 했습니다. 그래도 친구들은 제 노래에 늘 박수를 쳐주었습니다. 또 저는 학교 장기 자랑 대회에 우리 반 대표로 나가 노래를 불렀습니다.

임창정의 '러브어페어'나 '바람과 함께 사라지다'는 제가 즐겨 부르던 노래였습니다.

중학교 때는 만화 동아리에서 활동했는데 그때도 동아리 친구, 만화 학원 언니들과 늘 가던 곳이 오락실 노래방이었습니다. 오백 원 동전으로 반주를 곁들여 노래를 부를 수 있었던 오락실 노래방은 우리들 사이에서 인기 만점이었습니다. 노래를 너무 좋아하다보니, 노래방에서 쓴 돈만 해도 적잖게 들었던 것 같습니다.

고등학교 수학여행 때는 반 대표로 무대에 나가서 노래를 부른 적이 있었습니다. 김상민의 'YOU'라는 곡을 불렀는데, 이 곡 역시 음역대가 굉장히 높았습니다. 노래를 잘 불러서 그렇게 음역대가 높은 노래를 부른 것은 아니었습니다. 그런 노래를 부를 때 속이 뻥 뚫리는 것 같고 기분이 좋았습니다. 무대에서 노래를 부르고, 반 아이들이 다 같이 손을 들고 양쪽으로 흔들어 주는 모습을 보니 또 다른 나를 발견한 기분이었습니다.

꿈을 찾아가는 사람들이 자신의 꿈을 상상하면 행복하듯, 저 역시 노래를 부르면 이유 없이 좋았습니다. 마치 자아를 찾아가고 있는 것 같은 느낌이었습니다. 당연히 당시 유행이던 워크맨을 꼭 붙들고 다니는 게 저의 일이었습니다. 점심시간이나, 집에서나, 이동 중에도 언제나 노래를 부르고 또 들었습니다. 단 10분뿐인 쉬는 시간에도 친구들과 어울려 수다 떠는 것보다 혼자서 음악을 듣는 것이 더 좋았습니다.

한번은 엄마랑 노래방에 간 적이 있었습니다. 여성스러운 노래나 부를 줄 알았던 딸내미가 '마야'의 곡처럼 힘찬 곡을 부르니 엄마는 내심 놀라는 눈치셨습니다. 가수가 되고 싶다는 생각은 어느 사이엔가 제 마음의 일부가 되어 있었습니다.

저는 "꿈은 계속해서 상상하면 현실이 된다."는 말을 믿습니다. 제 삶이 그래 왔기 때문입니다. 서울에 올라와 생활하던 중 우연한 모임에서 작곡가 친구를 만나게 되었습니다.

다가오지 않은 실패를 두려워하기보다는,

최고의 상황만 생각하고 만들어 간 것이

나를 위한 현명한 선택이었습니다.

그것이 인연이 되어 그의 앨범에 보컬로 참여하게 되었습니다.

이후 본격적으로 가수로 활동하면서 예전에는 잘 몰랐던 사실도 알게 되었습니다. 음역대가 얼마나 높든지 노래를 부를 수 있었는데, 제가 직접 부르는 노래에서는 어린아이의 목소리와 같은 미성이 느껴졌습니다. 참 신기했습니다. 다른 가수의 노래를 따라 부를 때는 굵은 목소리가 나오는데 말입니다.

좀 더 호소력 있는 목소리로 어필하려면 성숙한 목소리가 나와야 하는데 그렇지 않다 보니 처음에는 고민이 되었습니다. 하지만 이것이 나의 원래 목소리라면 그것을 특색 있는 목소리로 받아들이는 것 또한 저의 몫이었습니다.

최근에 발매된, 제가 직접 가사를 쓴 '너와 함께'라는 곡은 동화적 분위기가 풍기는 맑은 곡입니다. 곡의 특성이 그래서였을까요? 많은 분들이 곡과 저의 목소리가 아주 잘 어울린다는 말씀을 해 주셨습니다.

'재능 나눔 콘서트'에서 사회를 보면서, 노래로 사람들과 마음을 나눈 적도 있었는데 그때 말로 표현하기 힘든 희열이 느껴졌습니다.

사실 저는 무대 공포증과 발표 불안증을 가지고 있었습니다. 이런 제가 무대에서 사람들과 호흡을 맞추는 모습을 보면 저를 아는 사람들은 의아해 합니다. 어떻게 그럴 수 있냐고 말입니다. 지금 생각해 보면, 그때의 저는 제 자신을 완전히 놓아 버린 것 같습니다. 그 상황에 완전히 몰입하기 위해서 말입니다.

'내가 어떻게 이렇게 많은 사람들 앞에서 말을 하지?', '긴장하면 말을 더듬는데 이번에도 그러면 어쩌지?'라는 생각보다도 나 자신을 완전히 놓고, 오히려 '나는 최고의 사회자야!', '이번 기획도 성공이야!', '나는 최고의 무대를 만들 수 있어!'라고 스스로에게 최면을 걸곤 했습니다. 그래서인지 무대는 언제나 성공적이었습니다.

다가오지 않은 실패를 두려워하기보다는, 최고의 상황만 생각하고 만들어 가는 것이 나를 위한 현명한 선택이었습니다.

본래 제 자신이 가지고 있는 특성과, 스스로를 이겨내고 극복하면서 생성된 특성들이 공존하는 모습들을 가끔 느낍니다.

실제로 제 블로그를 방문한 분들은 저에게 "굉장히 활발할 것 같다."는 이야기를 하십니다. 그런데 의외로 만나 보면 말이 없고, 차분하며 깊이감이 있다고 이야기를 하시고는 합니다. 심지어 어떤 분은 "도대체 당신의 진짜 모습은 뭐냐?"고 묻기도 하셨습니다.

무대를 두려워하는 모습과 무대를 즐기는 모습. 양면적인 두 가지 모습 모두

"나"일 뿐입니다. 후천적인 노력에 의한 것이든, 뭐든 간에 이 모습이 '김진향' 본연의 모습이라고 말씀드리고 싶습니다. 가수는 어릴 때부터 차곡차곡 꿈꾸었던 나의 모습, 내 재능이 현실화된 '자아'입니다. 내 안의 작은 거인과 마주친 결과물이라고 할 수 있습니다.

　장애인 행사에 초대되어 노래를 부른 적이 있었습니다. 사실 이 행사는 제가 가수로서 가장 행복했던 순간이기도 했고, 함께했던 청중들로 인해 눈물이 고이기도 했던 행사였습니다.

　주최 측에서는 가수를 초대하기가 쉽지 않다는 점을 이야기했습니다.

　하지만 적은 보수나 상황 때문에 저를 믿고 초대해 준 자리를 거절하고 싶지 않았습니다.

　기꺼이 참여하겠다고 했습니다.

　공연 중 제 노래를 듣다 어떤 분들이 흥에 겨워 무대에 올라와 춤을 추는 일이 있었습니다. 주최 측에서는 그분들을 저지하려 했지만, 저는 불쾌하거나 당황스럽기보다는 그분들과 함께 공감하고 즐길 수 있어서 기뻤습니다. 그들의 행복한 모습에 눈물이 핑 돌았습니다.

　그날 공연 때 사용하기로 했던 곡은 달달한 사랑 노래인 '속닥속닥'이었지만, 반응이 너무 좋아 한 곡을 더 부르게 되었습니다. 앵콜곡으로 부른 노래는

'너와 함께'였습니다.

아직 발매도 되지 않았던 신곡이었습니다. 그 자리가 발매를 앞둔 새로운 노래의 발표장이 되었습니다. 그날 감동적인 경험을 통해 노래란, 나 혼자만의 행복을 위한 것이 아니라 함께한 모든 이들에게 기쁨을 주는 것이며, 노래를 통해 공감하고 소통할 수 있다는 것을 배웠습니다.

말과 책으로만 느끼는 것보다 이렇게 실제로 경험하고 내 '몸'과 '마음'이 가득히 느낄 수 있는 것이 진정한 큰 배움이라고 생각합니다. 이것이 저의 가수 인생 중 가장 행복했던 경험으로 남아 있습니다.

얼마 전에는 에버랜드에 공연을 갔습니다. 그런데 기존에 해 오던 것과 달리, 무대가 좋지 않은 상황이었습니다. 관계자 분들도 미안한 마음에 제게 공연을 요청한다는 말을 꺼내지 못 했습니다. 상황이 열악했지만, 저는 개의치 않았습니다. 가수에게는 노래하는 '공간'도 중요하지만, '노래를 들어 주는 관객'이 있다는 것 또한 중요하다는 생각이 들었기 때문입니다.

저 역시, 큰 무대에 대한 욕심이 없지는 않습니다.

하지만 매 상황에 내가 할 수 있는 최선을 다하는 것이 맞다는 생각입니다. 관객이 많든, 아니면 단 한 사람을 위해 노래하든 그건 별로 중요한 것이 아니라고 생각합니다. 이런 생각을 하는 나를 보며 또 한 번 내가 성장하고 있음을 느낍니다.

　가수로서의 활동을 좀 더 왕성하게 할 수 있었던 것은 뉴스칼이라는 힙합가수와 함께 부른 '속닥속닥'이라는 곡 덕분입니다.

　비록 솔로 곡은 아니지만, 가수로서의 역할을 확장할 수 있는 기회가 되었습니다.

　유명 가수들이 작업하는 합정동 스튜디오에서 녹음을 했고, 앨범 재킷도 찍게 됐습니다.

　'속닥속닥' 곡은 큰 행사장에서 또 축가로 인기 폭발이었습니다.

　그렇게 제 가수 활동은 무르익고 있었습니다.

　꿈은 그 꿈을 시도하는 사람들에게 "현실"이라는 선물을 가져다줍니다.

　저에게 '가수'는 꿈이었고, 그 꿈을 이루기 위해 '무대에 대한 두려움'과 개인적인 어려움들을 극복하고자 했습니다.

　결국 저는 많은 사람들에게 밝음과 희망을 전해 주는 가수가 되었습니다.

　닿을 수 없는 꿈이라 생각하여 포기하는 일은 없어야 합니다.

　하늘의 별에 닿을 수 없다면, '나만의 별'을 만들면 됩니다.

　비록 가장 높은 별은 아닐지라도, 저 하늘의 별보다 더 가까이에서 사람들에게 따뜻함을 줄 수 있는 '정감 있는 별'이 될 수 있습니다.

별은 자신의 높고 낮음에 개의치 않습니다.

우주라는 광활한 공간 안에서 얼마만큼 높이 떠 있느냐는 의미가 없습니다.

높이 떠 있는 별이기보다는 '가치 있는 별'이 되면 됩니다.

책 속 의 이 야 기

연예인이 되고 싶어 하는 꿈나무들에게

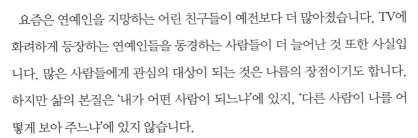

요즘은 연예인을 지망하는 어린 친구들이 예전보다 더 많아졌습니다. TV에 화려하게 등장하는 연예인들을 동경하는 사람들이 더 늘어난 것 또한 사실입니다. 많은 사람들에게 관심의 대상이 되는 것은 나름의 장점이기도 합니다. 하지만 삶의 본질은 '내가 어떤 사람이 되느냐'에 있지, '다른 사람이 나를 어떻게 보아 주느냐'에 있지 않습니다.

물론 연예인이라는 직업이 누군가에게 나의 예쁜 모습을 보여 주는 부분이 많은 것 또한 사실이지만, 사람에게는 누구에게도 꺾일 수 없는 본질적인 부분이 있음을 늘 기억하면 좋겠습니다.

저는 그 친구들이 단지 화려한 모습에 반하지 않고, 자신이 "왜 노래를 하고 싶어 하는지?", "왜 연기를 하고 싶어 하는지?" 깨달았으면 합니다. 유명인이 되는 것보다 '노래를 사랑하는 사람'으로서 본인의 소명을 깨달았으면 하는 것입니다.

그러면 꼭 대형 기획사를 통해 자신의 기회를 찾지 않아도 됩니다.

대형 기획사에서는 오랜 시간 기다려야 하고, 쉽게 버려지는 아픔을 경험할 수도 있습니다. 가까운 친구 중 하나가 '가수의 꿈'을 위해 유명 기획사에서 오디션도 보고, 유명 프로듀서도 찾아가 보고, 유명 가수의 제자가 되기 위해 중국에 다녀오기도 했다고 합니다. 하지만 가요계의 문은 1cm조차도 열릴 기미가 보이질 않아 이 친구의 꿈은 만신창이가 되었고, 결국 현실의 벽 앞에서 포기할 수밖에 없었습니다. 그렇지만 끝이었을까요?

이 친구는 본인 스스로 5년 동안 앨범을 준비하여 발매를 했고, 결국엔 꿈나무들을 키우는 엔터테인먼트 사업을 시작했습니다.

그러고는 이렇게 이야기했습니다. "기회는 오는 것이 아니라, 만드는 것이다."

저 또한 그렇게 생각합니다. 기회가 오지 않는다면, 그 기회를 스스로 만들 줄 아는 우리들이었으면 합니다.

저는 그다지 잘 알려진 가수는 아닙니다.

잘 알려지지도 않은 제가 이런 이야기를 하는 것이 좀 어색하기는 하지만, 저는 '누구나' 얼마든지 자신의 꿈을 이루며 살아가는 것이 '가능하다'는 것을 이야기하고 싶습니다. 굳이 뼈아픈 고통을 감내하고, 쉽게 버려지며, 무시당하면서 자존감을 떨어뜨릴 이유가 없다고 생각합니다.

노래를 하고 싶어 하는 친구들이 지나치게 아이돌만 바라보며 따라 하기보다는 본인의 색깔을 찾고, 본인의 목소리에 어울리는 곡을 찾아가는 과정을 통해 자신만의 세계를 만들기 바랍니다.

포기하지 않는다면, 음악적 기회는 얼마든지 만들어질 수 있습니다.

중요한 것은, 사람들이 제 노래를 듣는 동안 잠깐이나마 고민을 내려놓고 리듬과 곡에 마음을 내맡기도록 하는 것이라 생각합니다. 제 노래를 들으며 잠시나마 치유될 수 있다면 그보다 기쁜 일이 있을까요?

가수의 소명은 바로 거기에 있다고 생각합니다. 유명하고 유명하지 않고는 사실, 상대적인 문제입니다. 그리고 나의 존재 가치는 누군가의 '승인'이나 '인기'로 결정되지 않습니다. TV에 나오지 않더라도 얼마든지 사람들이 열광하고 즐거워하는 음악을 할 수가 있습니다.

저 역시, 사람들이 제 노래에 즐거워하고 동화되어 가는 모습을 보면서 눈시울이 뜨거워졌던 기억이 있습니다.

무대를 내려오고 난 뒤엔 허탈감만 남는 거품뿐인 인기를 먹고 사느니, 좀 더 보람되고 의미 있게 자신의 음악적 세계를 펼쳐 보는 것은 어떨까요?

삶의 내실은 그런 방법으로 나에게 다가옵니다.

#10

나만의 세계를
글로 표현하다,
작가

예전부터 나만의 책을 만들어 내고 싶은 생각이 있었습니다.

그 첫 기회가 온 건 카페를 운영하던 초기였습니다. 당시 우리 카페에 출판사를 운영하는 분이 오신 적이 있었습니다. '나만의 책'을 구상해 보면 어떻겠냐고 제안하셨고, 저도 무척 흥미가 있었습니다.

"김진향이 바라본 세상 이야기"라는 콘셉트를 잡았고, 나만의 시선으로 세상을 따뜻하게 바라보는 글을 쓰기로 했습니다. 글 쓰는 일은 전적으로 저에게 맡겨졌습니다. 하지만, 마음과는 달리 글을 쓰는 일은 쉽지 않았습니다. 책은 초년생 작가가 무턱대고 쓸 수 있는 게 아니었습니다.

결국, 첫 출판의 기회는 흐지부지되었습니다. 이후 다른 기회가 찾아왔습니다. 카페 일을 마무리해 가는 시점이었습니다. 블로그를 통해 카페 이야기나 제 생각을 왕성하게 올리고 있었기 때문에 이전보다 글을 쓰는 역량도 길러졌고, 나름의 콘텐츠들이 어느 정도 쌓여 있는 상황이었습니다.

그 무렵, 제 블로그에서 나눔 활동에 관한 글을 보시고 또 다른 출판사 대표님이 연락을 해 오셨습니다. 자신이 대표로 있는 출판사에서 책이 나왔는데 읽어 보고 마음에 들면 리뷰를 써 달라 하셨습니다. 그러겠다고 했고, 리뷰를 써 드렸습니다.

그렇게 인연이 된 분이 바로 저의 첫 책을 발행한 '라이스메이커'의 민영범 대표님이셨습니다. 후에 대표님께 제 책을 내고 싶다는 뜻을 말씀드렸더니, 선뜻 "작가로 모시고 싶다."고 하셨고, 그때부터 대표님은 저를 "작가님, 작가님" 하고 불러주셨습니다. 아직 책을 내지 않았는데 작가님이라니, 작가님이라는 칭호가 부끄러웠지만 기분은 좋았습니다.

말이 가진 힘과 에너지는 결국 현실화되었습니다.

그렇게 하여 저의 첫 책 〈스물여덟 구두를 고쳐 신을 시간〉이 출간되었고, 많은 사람들에게 읽혔습니다.

첫 출판과 관련된 에피소드가 여럿 있습니다.

아직 책이 서점에 진열되기도 전, 저는 책을 미리 받아서 매일 열 권씩 주변 사람들에게 나누어 주었습니다.

홍보도 홍보였지만, 첫 책에 대한 기쁨과 기대감 때문에 진심에서 우러나와 그렇게 했습니다.

　그때는 아차산 부근에 살고 있었는데, 책 열 권뿐 아니라 다른 짐까지 메고 다니려니 정말 무거웠던 기억이 납니다. 하지만 고단한 줄도 몰랐습니다. 그 저 매일 즐거웠습니다.

　서점에 책이 나왔을 땐, 서점에 가서 책을 몇 번이고 확인하거나, 괜스레 진 열 상태를 점검하기도 했습니다. 강남 교보문고에서는 이런 일도 있었습니 다. 제 책이 베스트셀러가 되길 바라며 슬쩍 베스트셀러 자리에 책을 올려놓 고 사진을 한 컷 찍었는데, 하필 그때 누군가가 "김진향 작가님 아니세요?" 하 면서 저를 부르는 것이었습니다.

　알고 보니, 페이스북 친구 분이셨습니다. 혹시 제 행동을 본 게 아닐까? 부 끄러웠지만, 너무 반가워 책에 사인을 해서 드렸습니다. 저에겐 너무 행복한 추억으로 남아있습니다.

　나는 왜 책을 내고 싶었던 것일까?
　부족하지만, 저의 경험과 쉽지 않은 시간이 누군가에게는 위로가 될 수도 있 을 것이라는 생각 때문이었습니다.
　처음으로 출판 제의를 받고 '책을 써야겠다!'라고 다짐했을 땐, 막연히 '내 이 야기가 담긴 책을 내고 싶다.'는 생각이었습니다.
　하지만 실제로 출판을 위해 기획을 하고 이야기를 하나씩 써 나가면서 이런 생각이 들었습니다.

"나 스스로가 정말 대단한 사람이라서 책을 내는 것이 아니다. 이렇게도 부족한 내가 할 수 있다면, 내가 아닌 다른 누군가도 자신의 삶에서 희망의 나래를 펼칠 수 있지 않을까? 오히려 나보다 더 잘해 낼 거야!"라는 확신이 들었습니다.

처음 '바이탈 커뮤니케이터'로 인터뷰를 나갔을 때였습니다.

처음 하는 인터뷰였기 때문이었을까요? 저는 고단했던 어린 시절 이야기를 하고 싶지 않았습니다. 가난에 찌들고 험난했던 이야기를 꺼내는 것이 저의 치부를 드러내는 것 같았기 때문이었습니다.

하지만, 기자님의 격려로 제 삶의 이야기들을 할 수 있었습니다. 기자님은 "힘든 삶이 오히려 많은 사람들에게 힘이 될 수 있을 거예요."라고 말씀해 주셨습니다. 그때 기자님의 그런 격려가 없었더라면, 저의 힘들었던 이야기를 말하지 못했을 겁니다.

사람들 간에 소통의 자리가 다양하게 만들어진 것도 글(책)이 있었기 때문에 가능했던 것 같습니다.

세상에는 저처럼 자신의 책을 갖고 싶은 분들이 많이 있을 것입니다.

"내 이야기를 글로 쓰면 소설 몇 권은 될 거야."라고 말씀하시는 어른들도 수없이 봐 왔습니다. 자신의 책을 갖고 싶은 분들은 꼭 본인만의 책을 만들어 보았으면 합니다.

블로그 교육이나 강연을 갔을 때에도, 만나는 사람에게 꼭 본인만의 책을 내길 권유합니다. 그리고 사람마다 갖고 있는 장점들을 떠올리며, 이러한 책을 내 보면 어떻겠느냐 하며 기획하고 제안하기도 합니다. 특히 블로그 강의로 저를 찾아오는 분들께는 '휴먼 브랜딩'부터 함께 연구하며 제가 경험해 온 것들을 함께 나누며 할 수 있다는 희망을 드리기도 합니다.

블로그 컨설팅이 좋은 이유는, 실제로 블로그를 통해 성장해 나갈 수 있고, 이야기들이 모이면 한 권의 책을 만들 수 있다는 확신 때문입니다. 분명 컨설팅 받는 분들께서 꾸준하게만 콘텐츠를 모아 나간다면, 추후 출판뿐 아니라 강의와 방송 출연까지 할 수 있다고 저는 믿습니다.

책을 만드는 과정은 산모가 아기를 낳는 것과 비슷하다고 생각합니다.
산모는 아이를 낳기까지 열 달을 귀하게 품고, 태교를 하고, 출산을 합니다.
산통을 겪을 때 혼자서는 그것을 감당하기가 벅찹니다.

책 한 권이 나오는 과정에도 수많은 노력이 들어갑니다. 글을 쓰는 작가뿐 아니라, 전체적인 책의 틀을 기획하고, 편집하고, 디자인하는 많은 전문가의 손길이 필요합니다.

세상에 내가 살아온 이야기를 내놓는 것이니 쉽지 않습니다.

'작가란, 자신의 팔자를 세상에 펼쳐 놓는 것'이라고 어떤 분께서 말씀하신 적이 있습니다. 거기에 출판과 관련된 많은 분들의 노고까지 더해지니, 책은 쉽사리 만들어지는 결과물이 아닙니다.

어떤 면에서는 저의 아기이자 분신과도 같은 것이라는 생각이 듭니다.

하지만 책을 내고 싶어도 너무 막연한 느낌이 들어 쉽사리 도전하지 못하는 사람들이 있을 것입니다. 처음 제가 그랬듯이 말입니다.

만약 자신의 이야기를 글로 옮기는 것부터가 막연하다고 생각된다면, 지금부터라도 블로그에 매일 자신의 이야기와 생각을 올려 보면 어떨까요?

본인의 생각에 철학을 담아 꾸준히 일상을 기록해 나간다면, 365가지 이야기가 될 테고, 그런 연습을 통해 글솜씨가 발전할 수 있습니다.

블로그에 모인 글과 다양한 콘텐츠는 충분히 한 권의 책이 될 수 있습니다.

글쓰기는 결국 본인의 생각을 글로 표현하는 것입니다.

글을 쓰는 것 자체도 가치 있는 일이지만, 왜 이런 글이 나와야 했는지, 이

어쩌면 우리 모두는 각자의 인생에서 스스로의 삶을 그려 나가는

'작가'라고 생각합니다. 자신의 삶이 글로 표현된다면,

보다 책임감 있고 신중하게 자신의

삶의 면면을 대하게 될 것입니다.

글을 통해 무엇을 말하고 싶은지가 구체적으로 드러나는 글이라면 더 좋습니다. 많은 사람들에게 소리 없이 지속적인 영향을 준다는 점에서 글쓰기는 정말 위대하고 중요하다고 생각합니다. 펜이 칼보다 강하다는 말은 괜히 나온 말이 아닙니다.

　인류의 역사에서 글은 매우 위대한 힘을 발휘했습니다. 처절한 역사의 현장에는 언제나 역사의 소용돌이를 일으키는 글이 존재했습니다.
　커다란 사건들 뒤에는 문서가 존재했습니다. 막강한 힘을 발휘하는 SNS 또한 글로 표현되는 것입니다. 글은 그만큼 우리의 생활과 떼려야 뗄 수 없는 것입니다.

　어쩌면 우리 모두는 각자의 인생에서 스스로의 삶을 그려 나가는 '작가'라고 생각합니다. 자신의 삶이 글로 표현된다면, 보다 책임감 있고 신중하게 자신의 삶의 면면을 대하게 될 것입니다. 삶을 그려 나가는 저의 글은 아직도 진행 중입니다.
　작가로서의 제 삶은 앞으로도 계속될 것입니다.

#11

강연 코칭의

보람을

알게 되다

다른 사람에게 자신의 이야기를 솔직하면서도 재미있게 표현하는 강사 분들을 보면서 '아, 나도 저 사람처럼 나 자신의 이야기를 다른 사람들과 나눌 수 있다면 좋겠다!'는 막연한 생각이 들었던 때가 있었습니다.

　강사이자 강연가로서 일하고 싶었던 저를 되돌아보면, 강연가로서 다른 사람들 앞에 서는 것은 '어떤 메시지를 다른 사람에게 전하는 것' 이상의 의미가 있다는 생각이 듭니다.
　적어도 저에겐 그 일이 그렇게 단순한 일이 아니었습니다.

　무대 공포증이 있었던 저에게, 그것은 '나'를 딛고 일어서는 '변화의 창' 같은 것이었습니다. 거기에 더해, 어려웠던 시절의 제 이야기를 다른 사람들과 함께 공유하고, 나누는 것은 내 안의 내적인 갈등을 솔직하게 털어놓는 것을 의미했습니다.

 그런 그들과 동일한 공간에 '함께한다'는 것 그 자체가 힐링이었고, 치료였습니다.

 그런데 강연에서 그런 힐링의 과정은, 강연가와 청중 모두에게 함께 일어납니다. 오랜 시간 강연을 해 본 경험이 있는 사람이라면, 저의 이 말이 무엇을 의미하는지 알 것입니다. 함께하는 동안 청중과 강연가는 함께 울고 함께 웃게 됩니다. 저에게는 무대에서 사람들과 함께한 순간순간이 인생의 작은 변곡점들을 만들어 내는 소중한 시간들이었습니다.

 이런 변화는 저에게만 가능한 일은 아니라고 생각합니다.
 자신의 경험과 삶의 감동을 다른 이들과 함께하고 싶어 하는 많은 사람들이 있습니다. 청중과 함께하는 동안, 그들은 또 다른 '내 안의 나'를 만나게 됩니다. 언제부턴가 그들에게 보다 효과적으로 스스로의 생각을 표현할 수 있도록, 경험과 노하우를 공유하는 것이 저의 몫인지도 모른다는 생각이 들었습니다. 그리고 저의 강연을 들은 분들의 의뢰를 통해 '강연 코칭'을 시작하게 되었습니다.

 실제 저의 코칭이 좋은 결과를 만든 예도 있습니다.
 어느 날, 잘 알고 지내던 음악 학원의 원장님께서 연락을 주셨습니다. 제가

함께하는 동안 청중과 강연가는 함께 울고,

함께 웃게 됩니다.

저에게는 무대에서 사람들과 함께 한 순간순간이

인생의 작은 변곡점들을 만들어 내는

소중한 시간들이었습니다.

강연이라는 걸 처음 하기 시작했던 어리숙하고 풋풋했던 시절, '잡코리아'에서 시행하는 '나꿈소' 프로그램에 등장한 제 모습을 보고 펑펑 우셨다고 합니다. 제 이야기에 감동을 받아 가슴이 미어졌다고 하셨습니다.

이후, 그분은 제 삶에서 특별한 분이 되셨습니다. 저를 무척이나 믿어 주셨고, 심지어 저를 '멘토'로 불러주셨습니다.

그분은 그 이후로도 저의 강의를 몇 번 더 찾아서 들으셨고, 저도 기회가 되는 대로 그분에게 강연 노하우나 그 밖의 강연과 관련된 코칭을 해 드렸습니다.

그리고 드디어 그분 역시 다른 사람 앞에서 본인의 생각을 스스럼없이 표현할 수 있는 분이 되셨습니다. 발전이 눈에 띄게 보였습니다. 그분의 모습을 보며, '이런 게 보람이구나!' 하는 생각이 들기도 했습니다. 강연을 기획하는 이곳저곳에 소개해 드리기도 했고, 저와 함께 강연가로 무대에 서기도 했습니다. 큰 무대는 아니었지만, 첫 강연을 마치고 나자 무척이나 고마워 하셨습니다.

저는 저와 다른 사람들이 서로 별개의 존재라고 생각하지 않습니다. 어떤 식으로든 모두가 서로 연결되어 있다고 생각합니다. 그들에게 서로의 아픔과 관심사, 그리고 경험을 공유하도록 돕는 것은 또 다른 의미의 나눔입니다. 그렇게 우리는 서로를 만납니다.

#12

엄마의 꿈을
함께하다,
진향한식!

'나와 우리 가족을 위해 헌신하는 엄마의 꿈은 무엇일까?'
한창 이 생각에 빠져 있던 어느 날, 전화가 걸려 왔습니다.

"진향아, 엄마가 식당을 하려고 하는데 딸이 와서 도와주면 좋겠어."

평소 자녀들에게 부탁 한 번 해 본 적 없는 엄마의 요청이라, 저는 서울 생활을 정리하고 울산으로 내려가야겠다는 큰 결심을 했습니다.

그렇게 울산으로 내려와서 '진향한식' 오픈 준비를 시작했습니다. 엄마가 계약한 곳은 원래 사무실로 사용하던 곳이라서 식당으로 개조하기 위해 하나하나 바꾸고 설치를 새로 해야 했습니다. 그 과정에서 10년 동안 엄마 품을 떠나 서울 생활을 하던 딸과 엄마의 추억이 하나씩 쌓이기 시작했습니다. 가게 안에 있는 작은 창고에서 하루에 2시간 남짓 새우잠을 자고, 아침 일찍부터 다음 날 새벽까지 거의 온종일 일을 하며 준비를 해 나갔습니다.

다행히 홍대 부근에서 카페를 운영할 때 창고 생활을 했던지라 그 생활이 힘들지는 않았습니다. 그리고 사랑하는 엄마와 그간 못 만든 추억을 함께할 수 있어서 행복했습니다.

개업을 앞두고, 임시로 영업을 하여 그 지역 손님들은 어떤 음식을 좋아하는지 파악을 하기로 했습니다. 3일째 되던 날, 소문이 났는지 가게 자리가 꽉 차서 손님들이 줄을 서서 먹는 일이 벌어졌습니다. 그날 이후 며칠 동안 엄마도 저도 정신이 쏙 빠져 달아났습니다. 또한 손가락 끝이 무뎌지고 갈라져서 피가 나기도 했습니다. 계속 행주로 상을 닦고, 손이 마를 일이 없다 보니 그랬나 봅니다.

그때 이런 생각이 들었습니다.
'엄마는 평생 음식 장사를 하셨는데, 나보다 얼마나 더 아프실까?'
그런 생각을 하니 제 손은 오히려 애교로 느껴졌습니다.

손님이 많은 만큼, 만들어 놓은 반찬은 하루 만에 동이 나곤 했습니다. 그럼 또 반찬을 새로 만들어야 했습니다. 그래서 여러 레시피를 찾아보면서 새로

언제나 감사히 번 돈을 사회에 환원하고자 하는

저의 철학이 진향한식에도

그대로 적용되었습니다.

운 메뉴를 개발했습니다. 그렇게 만들어진, 다른 곳에서 먹어 볼 수 없는 독특한 메뉴는 진향한식의 인기를 더해 주었습니다.

그동안 열심히 만들어 온 블로그, 인스타그램, 페이스북, 카카오스토리에 진향한식 소식을 매일같이 올렸습니다.

진향한식 개업 소식을 접한 지인 분들께서 전국 각지에서 화환과 꽃바구니를 보내 주셨고, 서울에서 울산 장생포까지 직접 와 주신 분들도 계셨습니다. 먼 길 마다하지 않고 방문해 주신 소중한 한 분 한 분께 정성을 다해 대접해 드렸습니다.

저와 직접 관계가 없는 분들께서도 페이스북에서 홍보해 주시기도 했습니다. 많은 분들이 우리 식당에 오셨다가 음식에 담긴 정성과 진심을 알아보시고 나중에 또 다른 손님을 모셔오기도 했습니다. 그렇게 진향한식은 울산 맛집으로 자리를 잡게 되었습니다.

가게가 자리 잡기까지 걸린 시간은 두 달. 이제 매해 겨울마다 '김진향 나눔 공동체'에서 진행되는 '사랑의 연탄 나눔' 행사에 진향한식도 후원을 하게 되었습니다. 언제나 감사히 번 돈을 사회에 환원하고자 하는 저의 철학이 진향한식에도 그대로 적용되었습니다.

영업이 끝나면, 엄마와 저는 머리를 맞대고 다음 날은 어떤 음식을 내면 좋을까를 연구했습니다. 그리고 가게 운영에서 개선할 점들, 고객 서비스에서 개선할 점들에 대해 연구를 거듭했습니다. 엄마와 함께하는 그 시간이 참 소중하고 행복하게 느껴졌습니다.

새벽 5시만 되면 눈이 번쩍 떠졌습니다. 새벽 시장에 가서 식재료를 직접 보고 가장 신선한 것을 구입했습니다. 다른 일들은 다 재미있게 넘길 수 있었는데, 제 몸무게 정도 되는 양배추나 무 상자를 가게 안쪽 끝으로 옮기는 건 정말 힘이 들었고, 손가락 끝이 저렸습니다.

진향한식은 뷔페식당입니다.

그래서 매일 다른 음식을 준비해야 됩니다. 특히 일요일에는 장생포에 관광 오시는 손님들께 특별히 손이 많이 가는 편이어서 맛있는 '엄마표 김밥'을 내놓기로 했습니다. 엄마는 김밥을 싸고 저는 '진향표 주먹밥'을 만들었습니다. 저희 모녀가 만든 주먹밥과 김밥은 인기 최고였습니다. 집에도 제대로 못 가고 배에서 생활하시는 분들께서도 좋아하시던 메뉴였습니다.

식당 주변에 있는 회사 직원분들께서 이렇게 말씀해 주셨습니다.

"회사에 출근하는 재미가 생겼어요! 매일 메뉴가 바뀌니까 오늘은 어떤 음식이 나올지 기대돼요!"

 손님들께서 해 주시는 진심 어린 말 한마디에 엄마도 저도 하루의 피로가 씻겨 내려가는 기분이 들었습니다. 음식과 서비스로 다른 사람을 기쁘게 할 수 있음에 저희 모녀는 서로 바라보며 미소를 지었습니다. 누군가의 삶에 활력 에너지를 주었다는 점에서 정말 뿌듯했어요.

 힘든 일을 많이 하는 장생포 손님들의 몸보신을 위해 준비한 '돼지국밥'은 사골을 오후 세 시부터 15시간 넘게 고아 만들었습니다. 가스비가 많이 들었지만, 그건 무시했습니다. 사랑과 정성은 그 어떤 조미료보다 최고의 맛을 만들어 주기 때문입니다.

 크리스마스에는 손님들에게 작은 선물로 귤에 귀여운 캐릭터를 그린 다음 메시지와 함께 드리기도 했습니다. 귤 그림 선물을 받은 한 손님께서는 눈물이 그렁그렁 맺혔다고 합니다. 진심은 통한다고 믿습니다. 조금이나마 따스한 크리스마스를 보내시라는 뜻에서 작은 정성을 담아 드렸는데 "너무 예뻐서 못 먹겠어요." 하시며 주머니에 넣어 가시는 모습에 저 또한 감동을 받기도 했습니다.
 어느 날은 제가 지쳐 쓰러져 창고에서 잠이 든 모습을 보고 엄마가 마음이 아프셨는지 잠자는 제 입에 홍삼즙을 떠먹여 주셨다고 합니다.
 깊게 잠들었던 저는 아무 기억도 나지 않지만요.

하루는 힘든 몸을 이끌고 엄마와 사우나에 갔습니다.
뜨거운 탕 속에 나란히 앉아 있는데 엄마가 문득 이런 말씀을 하셨습니다.

"딸내미가 있으니까 엄마가 참 행복하다!"

십 년 동안 엄마 곁에 있어 드리지 못한 못난 딸이라는 생각과 그 세월 동안 외로이 혼자 계셨을 엄마 생각을 하니 눈물이 왈칵 쏟아졌습니다. 뭐든 때가 있다고 하는데, '바로 지금'이 부모님에게 효도해야 될 때라는 생각이 들었습니다. 더 늦기 전에 그 때를 잡아서 참 다행이었습니다. 다른 무엇보다 엄마 옆에서 엄마의 이야기를 들어 드리고, 함께 시간을 보내는 것이 가장 큰 효도라 생각합니다.

딸이기에, 같은 여자이기에, 아들에게는 하지 못하는 말들, 가슴속에 켜켜이 쌓인 응어리들을 풀어내십니다.

이제 서른한 살이 되면서 딸은 그렇게 조금씩 엄마의 마음을 헤아릴 수 있게 되었나 봅니다.

내가 세상에서 가장 사랑하는 엄마.

사랑한다고 수백 번 말해도 그 마음을 다 표현할 수 없는 엄마.

딸의 마음은 항상 그런 게 아닐까 싶습니다.

#13

나도 모르는 능력,
   잠재력을
  끌어내다!

사람은 저마다 다른 잠재력을 가지고 있습니다.

하지만 자신이 가지고 있는 잠재력이 무엇인지 모르는 경우도 많이 있죠. 솔직히 저는 '시도해 보기 전에는 자신이 가지고 있는 것이 무엇인지 알 수 없다.'는 이야기를 하고 싶습니다. 실제 저의 경우가 그랬으니까요.

하고 싶거나 마음이 가는 것들을 그대로 실행에 옮겨서 제 안의 잠든 능력을 깨닫게 된 적도 많았습니다.

저는 요리를 정식으로 배운 적이 없습니다. 무작정 하고 싶다고 생각해서 시작한 것이 카페 일이었고, 카페를 살려보겠다고 시작한 것이 바로 '오늘의 요리' 같은 메뉴들이었습니다. 그러면서 저에게 있던 요리에 대한 재능과 감성을 알게 되었습니다.

카페를 운영하며 맞닥뜨린 어려움을 새로운 아이디어로 극복하려 했고,

그렇게 하여 준비된 새로운 아이템인 '요리'를 통해 제 가슴속의 즐거움이 외부로 표출된 것이지요. 손님들이 맛있어 하는 모습을 보고 기뻐했던 기억은 아직도 머릿속에 남아 있습니다. 지금도 그때를 생각하면 가슴이 두근거리네요.

무엇보다도 제 안에 숨어 있던 능력을 알게 된 분야는 '강연'입니다. 제 자신이 많이 부족하다고 생각해서 남들 앞에서 제 삶에 대하여 이야기할 수 있으리라고는 감히 상상을 못 했습니다. 처음 시작하기 전에는 두려움도 컸습니다. 무대 공포증도 있었고, 어릴 적엔 말을 더듬기도 했던 기억이 있습니다. 하지만 청중 앞에서 본인의 생각을 재미있고 당당하게 이야기하는 강사 분들을 보며 '나도 꼭 저렇게 해 보고 싶다!' 는 생각이 들었습니다.

핀잔을 하거나 우려 섞인 이야기를 하는 사람도 있었습니다.

"강연은 아무나 하는 게 아니야, 너 같은 애가 무턱대고 시작할 수 있는 일이 아니란 말이야. 네가 무슨 강연이냐?"하는 말도 들었습니다. 처음 그 말을 듣고 얼마나 울었는지 아직도 기억이 나네요.

하지만 고맙게도 많은 사람들이 저를 격려해 주었습니다. 힘들어 하는 저에게 '넌 할 수 있어!' 하며, '이런 곳이 있으니 여기서 강의를 배워 보면 어때?' 하며 토닥여 주신 분들... 감정의 고비 때마다 곁에서 저를 보듬어 준 그런 분들이 얼마나 고마웠는지 모릅니다.

결국 저는 용기를 얻어 제게 주어진 기회를 놓치지 않았고, 강연을 하게 되었습니다. 그 이후엔 방송에도 여러 차례 출연해서 제가 살아온 이야기와 경험들, 가치관과 꿈, 앞으로의 포부에 대해 사람들에게 이야기했습니다.

물론, 무대에 서기 전 떨리는 것은 여전합니다. 하지만 그럴 때는 오히려 머리를 비우고 저 스스로를 더 내려놓기로 아예 마음을 먹었습니다.

무대 위에서 사람들에게 전해 주고 싶은 것은 바로 '사람 김진향'의 '있는 모습 그대로'이기 때문입니다.

막연히 꿈꾸었던 작가가 되는 일도, 또 해 보고 싶었던 다른 여러 가지 일들도 결국, 모든 일에는 처음의 '시도', '도전'이 중요했습니다.

용기를 가지고 시도하기 전에는 자신이 무엇을 할 수 있는지 알 수 없다는 것을 젊은이들이 기억했으면 합니다.

개인적으로는 '내 안에 잠재된 재능'을 통해 나의 가치가 발현되고, 생계가 유지된다면 자신의 능력을 인정받는 것이라고 생각합니다.

살아가면서 때로는 새로운 일을 '시도' 한다는 것에 '두려움'이 느껴지기도 합니다. 하지만 저는 젊은이들에게 그런 '두려움'을 '설렘'으로 바꿔 보도록 조언하고 싶습니다.

'두려움'의 다른 면에는 '설렘'이 함께하고 있습니다.

둘 다 가슴 뛰는 '두근거림'을 수반하기 때문입니다. 그 두근거림을 기꺼이 받아들이고 '시도'한다면, 누구나 자신의 숨겨진 재능과 열정을 발견하게 될 것입니다.

김진향의
樂

#14

나를

이기려는 나

　저는 잠시도 가만히 있지 않았던 것 같습니다. 개인의 발전을 위한 것이라면 언제든 호기심을 가지고 지켜보았고, 그것을 어떻게 내가 가진 것들과 연결지을 수 있을까 생각했습니다. 여러 모로 저 스스로가 부족한 점들이 많다는 것을 느낍니다.

　때로는 스스로가 가진 한계 속에서 의기소침했던 적도 있었습니다. 어떤 면에서 보면 끝없는 확장성을 가진 '바이탈 커뮤니케이터'라는 브랜드 네임을 갖게 된 것도 스스로가 가진 한계를 어떻게든 이겨내 보려는 노력의 일환이었는지 모르겠습니다.

　가수로 일을 할 때도 스스로가 지닌 상대적인 한계를 넘어 보려 했습니다. 다른 사람의 앨범이나 피처링에 속해서 부르는 노래가 아닌, '혼자서 부를 수 있는 노래', 나만의 색깔을 낼 수 있는 노래를 하고 싶었습니다. 어떤 면에서 보면 그것은 뛰어넘어야 할 또 다른 도전 과제였습니다.

강연가로서 대중에게 강연을 하고 나면, 강연을 듣는 분들에게 긍정적인 에너지를 전달하고 싶은 마음이 컸습니다. 강사이자 가수라는 직업을 가졌다는 나름의 '특이점'을 강점으로 바꾸기 위해서 분명히 무언가가 필요한 시점이었습니다. 결국 함께 일하는 동료 가수에게 상의를 했고 저만의 노래인 '너와 함께'가 탄생했습니다.

'너와 함께'는 그냥 단순하게 만들어진 노래가 아닙니다.

다른 사람의 손을 빌리지 않고 제가 '작사'한 최초의 곡이기 때문입니다. 언젠가 능력이 된다면, 작곡까지 하게 되는 날이 있지 않을까 하는 생각도 해 봅니다.

그렇게 되면 단순한 가수가 아니라, '싱어송 라이터 김진향'이 되어 있을 것입니다. 그 무언가가 된다는 것이 의미 있는 것이 아니라, 새로운 일을 시도할 때마다 '나를 이기려는 나'란 존재를 느끼는 것이 의미가 있는 일이라고 생각합니다.

앞에서 언급했던 대로, 처음엔 콤플렉스였던 저의 '미성(美聲)'은 '너와 함께'라는 노래가 가진 밝음과 어우러지면서 아주 적절히 조화를 이루었습니다.

이런 노래를 부르면서 '내 목소리가 밝은 곡에 맞구나!'라는 생각이 들어 뒤늦게 감사할 수 있었습니다. 조만간 또 다른 앨범과 여러 프로젝트 곡들이 나올 것입니다. 가수 활동은 현재도 '진행형'입니다.

이전 곡인 '속닥속닥'이 발표되기 전, 저는 일본 여행 중이었습니다. 곡의 가이드만 나왔던 때였습니다. 저는 여행을 하면서 그 곡을 계속 듣고 따라 불렀습니다. 지금도 새로운 글이나 가사를 쓰고, 새로운 곡에 대한 영감을 얻고 싶을 때는 여행을 떠납니다. 여행은 새로운 것들을 시도하는 시점에서 '나를 넘어서기' 위한 또 다른 '숨 고르기'라고 할 수 있습니다.

과거 무대 공포증이 있었던 '내 안의 나'를 극복하기 위하여 많은 노력을 했습니다. 무대에 올라가기 전이면 굉장히 떨렸습니다. 하지만 중요한 것은 '새로운 일을 시도하는 나'였고, '나를 넘어서려는 나'였습니다.

떨리면 떨리는 대로 무대를 접했고, 어색한 느낌이 들어도 그 느낌 그대로 무대를 맞이하곤 했습니다. 어떤 경우에는 무대에서 '많이 어색하고 떨리는데요.' 하며 느낌을 솔직하게 관객 분들에게 표현하기도 했습니다.

첫 무대 강연에서 어색함을 극복하기 위해, 오프닝에서 미리 준비된 제 영상을 보여 주었던 적이 있었습니다. 많은 분들이 나중에 등장한 저를 더 자연스

그 무언가가 된다는 것이
의미 있다는 것이 아니라,
새로운 일을 시도할 때마다
'나를 이기려는 나'의 존재를
느끼는 것이 의미가 있는 일이라고 생각합니다.

럽게 대해 주셨고, 제가 하는 말에 더 많이 집중해 주셨습니다. '무대 공포증'은 제가 극복해야 할 장애물이긴 했지만, 저를 더 많이 성장하게 돕는 이정표 역할을 해 주었습니다. 무대 공포증이 있는 걸 스스로 알고 있었기에, 뒤에서 보이지 않게 더 많은 준비를 했습니다.

스스로의 콤플렉스를 있는 그대로 바라보고, 받아들이는 순간 더 나아갈 수 있는 길이 보였습니다. 어떻게든 해 나아가기 위한 방법을 찾고 싶었기 때문이었습니다. 저의 한계를 극복하려고 노력하는 순간, 저는 도약해서 다른 사람이 되었습니다.

도전하는 것, 숨지 않으려는 태도, 두려움에 맞서는 자세. 이것은 어느 사이 '제 자신의 일부'가 되어 있었습니다.

강연을 하는 것이 처음엔 서투르고 어색했지만, 어느 정도 익숙해지고 난 뒤엔 저의 강연에 사람들이 눈물을 흘리고, 감동을 느끼는 걸 보고는 감정이 격해지고, 말로 표현할 수 없는 보람을 느꼈던 여운이 아직도 남아 있습니다.

어떤 분들은 일부러 강연장 밖에까지 나오셔서 악수를 청하시고,

"너무 유익한 강연이었다."고 말씀해 주기도 하셨습니다.

그 무렵 저에게 '무대 공포증'은 이미 먼 나라 이야기가 되어 있었습니다.

물론, 아직도 무대에서 어색함이나 두려움이 느껴질 때가 있습니다. 하지만 이제는 그 떨림을 '설렘'으로 바꾸어 대면하곤 합니다. 강연 전날이면, 소풍 가기 전날 어린아이가 설레어 잠을 못 자듯 저 또한 그러합니다.

꼭 무대가 아니더라도, 저는 언제나 새로운 것들과 맞닥뜨리면서 현실의 내가 이전에 극복하지 못했던 나 자신을 넘어서기 위해 노력합니다.

그렇게 저는 '현실의 나'를 이겨 나아가고 있습니다.

#15

건전한
습관들로
전환하기

　제 삶을 변화시켜 준 것 중 가장 큰 한 가지를 꼽으라면 '습관'이라고 답하고 싶습니다. '습관'이란 어떤 행위를 오랫동안 되풀이하는 과정에서 저절로 익혀진 행동 방식을 말하죠.

　율곡 이이의 〈격몽요결(擊蒙要訣)〉에 나쁜 습관과 사고를 과감하게 깨뜨려야 한다는 '혁구습(革舊習)'에 대한 이야기가 나옵니다. 나쁜 습관들은 단칼에 잘라 버리듯, 뿌리째 뽑아야 한다고 말씀하셨죠. 저 또한 그렇게 생각합니다. 습관은 서서히 고칠 수가 없기에 단칼에 고쳐 나아가야 합니다.

　많은 사람들은 무의식 속에 다양한 습관을 갖고 자신도 모른 채 행동하고 있습니다. 그런 작은 습관들은 현재 그 사람을 만들어 내는 커다란 물레바퀴와도 같습니다.

　우리에게는 자신도 모르는 사이 몸속 깊이 배어 버린 '습관'이 많이 있습니다. 본인이 어떤 습관을 갖고 있는지 알고 있나요? 그 습관들은 모르는 사이에 나를 나타내고 있고, 나를 만들어 가고 있습니다.

많은 습관들은 그 사람의 가치관, 인생관 등을 나타내기도 합니다. 저는 나쁜 습관들이 제 인생을 망칠지도 모르겠다는 생각이 들어 하나씩 찾아내어 건전한 습관으로 바꿔 나가기 시작했습니다. 건전한 습관으로 전환하기 위해서는 나쁜 습관들을 골라내는 것이 중요합니다. 제 생각에 일생을 망치는 습관은 6가지가 있습니다.

첫째는 늘 생각만 하는 습관입니다.

성공하지 못하는 사람들의 습관 중 가장 큰 한 가지. 그건 바로, 생각만 하는 습관입니다. '내일은 꼭 해야지', '조금 있다가 해야지'라는 생각. 그 생각은 오늘 내가 할 수 있는 것들을 미루게 할 뿐 아니라, 할 수 있는 것도 못 하게 만듭니다. 한 번, 두 번 미루다 보면 어느새 그 일은 나와 멀어져 있을 것입니다. 더 멀어지기 전에 바로 실행하는 게 중요하겠죠?

둘째는 하루를 허비하는 습관입니다.

시간이 금이라고 말은 많이 하지만, 시간을 금처럼 다루는 사람은 많이 보지 못했습니다. 우리는 어떤 사람들에게는 정말 귀중한 '오늘 하루'를 매일 똑같은 일을 반복하며 안일하게 보내고 있지는 않나요? 누군가에게는 오늘 하루가 마지막일 수도 있을 테고 그렇기에 하루가 인생에서 가장 소중한 '금'으로 생각될지도 모릅니다.

"지금 이 순간, 최선을 다해 행복하게 살아 달라!"고...

지금 이 순간 이 글을 읽는 당신은 오늘 하루를 그 누구보다도 행복하게 살고 있다고 말할 수 있나요?

셋째는 자신과 같은 생각을 하는 사람만 좋아하는 습관입니다.

사람의 생각은 다양합니다. 그런 다양성을 인정하고 존중하고 포용하는 마음을 갖는 것이 중요합니다. 저는 일부러 주변에 다양한 생각을 가진 친구들을 둡니다. 같은 생각을 가진 친구는 내가 해 나아가는 모든 일들을 응원해 주고 지지해 주는 든든한 지원자가 되어 줄 테고, 다른 생각을 가진 친구는 내가 어떠한 일을 해 나갈 때 조금 더 신중하게 할 수 있도록 브레이크 역할을 합니다. 자신과 같은 생각을 하는 사람만 곁에 두면, 자칫 교만해질 수 있고, 잘못된 길로 갈 때에도 박수갈채에 정신을 빼앗겨서 잘못되어 가고 있다는 걸 모르게 될 것입니다.

넷째는 즐기기만 하고 인생을 허비하는 습관입니다.

가끔 즐기는 음주 가무는 스트레스 해소에 좋습니다. 하지만 그것이 매일 반복된다면 뇌는 점점 무력해질 것입니다. '쾌락'은 중독성이 있으며, 그런 위험한 쾌락은 나를 점점 나태하고 쓸모없는 사람으로 만들어 갈 것 입니다. 가장 중요한 것이 무엇인지 잊지 말아야 합니다.

다섯째는 돈만 가지고 경쟁하는 습관입니다.

'돈'이라는 물질적인 도구가 우리 삶에서 큰 비중을 차지하고 있다는 사실은 부정하지 않습니다. 하지만 돈은 한순간의 실패 앞에서 무용지물일 뿐 아니라, 돈으로 인해 좋은 사람을 잃을 수도 있습니다. 돈이 있다는 것에 감사하고, 그 감사한 마음을 많은 사람들과 나눠 보면 어떨까요? 마음이 몇 배로 부자가 될 것입니다. 돈은 버는 것보다 올바른 곳에 '잘 사용'하는 것이 더 중요합니다. 기분 좋게 사용한 돈은 더 좋은 인간관계를 가져올 뿐 아니라, 우리의 삶이 더 풍요로워질 수 있도록 도와주기도 합니다.

여섯째는 남이 잘되는 것을 부러워하며 자신을 비관하는 습관입니다.

사람이기에 질투심을 가질 수 있습니다. 하지만 다른 사람이 잘되는 것을 부러워하며 자기 자신을 깎아내리고 비관하지 말았으면 합니다. 다른 사람이 잘되었을 때 진심으로 축하해 주고, 박수쳐 주면 어떨까요? 가장 큰 축복은 주변에 있는 소중한 사람들이 잘될 수 있도록 기도해 주고 진심으로 도움을 주는 것이라 생각합니다. 그리고 주변에 잘된 사람이 있다면, 그 사람을 교훈

삼아 더 열심히 살아가면 좋겠습니다.

아리스토텔레스는 이렇게 말했습니다.

"당신의 진정한 모습은 당신이 반복적으로 행하는 행위의 축적물이다. 탁월함은 하나의 사건이 아니라 습성이다."

습관에 대한 다른 명언들도 살펴보겠습니다.

"처음에는 사람이 습관을 만들지만,

나중에는 습관이 사람을 만든다." -존 딜런

"행복은 습관이다. 그것을 몸에 지녀라." -G. 허버트

"습관은 인간 생활의 위대한 안내자이다." -데이비드 흄

"습관은 나무껍질에 새겨 놓은 문자 같아서 그 나무가 자라남에 따라 확대된다." -새뮤얼 스마일스

지금의 저를 있게 만들어 준 습관 중 두 가지를 적어 보겠습니다.

첫 번째는 메모하는 습관입니다.

저는 인간의 뇌가 기억하는 것에 한계가 있다는 점을 잘 알고 있습니다. 특히 기억력을 믿지 않습니다. 그리고 제 뇌가 사소한 것들을 기억하는 것보다

더욱 창의적으로 움직이며, 보다 중요한 곳에 쓰이기를 원합니다. 처음엔 그렇게 메모가 시작되었습니다. 항상 메모지와 펜을 갖고 다니며 아이디어가 떠오를 때마다 기록하기 시작했습니다. 그러한 기록 덕분에 저는 많은 직업들을 자유자재로 컨트롤해 나갈 수 있게 되었습니다.

"기록하고 잊어라. 잊을 수 있는 기쁨을 만끽하면서, 항상 머리를 창의적으로 쓰는 사람이 성공한다. 그 비결은 바로 메모 습관에 있다." –사카토 켄지

두 번째는 항상 옷을 다려입는 습관입니다.

강연이나 모임 자리가 많다보니, 사람을 많이 만나게 됩니다. 언제나 그 전날, 다음 날 입을 옷을 준비해 놓고 아침에 다려 입습니다.

그런 습관을 가져서 좋은 점은, 아침에 옷을 다려야 하기 때문에 일찍 일어나게 된다는 점과 밖에서도 몸가짐에 신경을 쓰게 된다는 점입니다.

항상 정갈한 몸가짐을 갖는 건 무엇보다 중요한 습관이자 마음가짐이라고 생각합니다. 그리고 이러한 작은 수고로움은 그날 만나는 사람에 대한 예의라고 생각합니다. 자, 생각해 볼까요? 구겨진 옷을 입고 단상에 올라간 모습을 생각만 해도 괜스레 부끄러워지며 얼굴이 후끈거립니다. 반대로 옷을 말끔하게 다려 입고 강연할 때의 모습을 상상해 보세요. 당당하고 여유로운 모습이겠죠? 왜냐하면 오늘 만나는 사람들에게 최선을 다하여 준비된 모습을

보여 주었기 때문입니다.

그렇다면, 건전한 습관이란 어떤 습관일까요?

건전한 습관들 중 가장 중요한 것은 매사에 감사하며 긍정적으로 대하는 태도라 말하고 싶습니다. 저 역시 어릴 적에는 주변의 누군가가 잘되면 부러워하며 저의 처지를 비관했던 적도 있었습니다.

하지만 그러한 마음보다는 주변 사람들이 잘될 수 있도록 도우며 긍정적인 마인드로 더 응원해 주기로 마음을 바꿨습니다. 그 결과 진심으로 위해 주는 친구들이 많이 생겨났고, 어느새 사람 부자가 되었습니다.

곁에 있는 사람 한 명, 한 명에게 감사하며, 그들과 함께 행복해지는 방법을 생각해 보면 어떨까요?

잊지 마세요.

가장 큰 행복은 '관계'에서 오고, 그 '관계'를 풍족하게 만드는 것은 나 자신이라는 것을...

#16

공간을 바꿔
업무 능률을
올려라!

다양한 일을 많이 하다 보면 아이디어가 떠오르지 않을 때가 있습니다. 그럴 때 저는 공간을 바꿔 봅니다. 기존의 장소가 아닌, 새로운 곳으로 가서 색다른 느낌을 받습니다. 그 공간 특유의 분위기와 새로운 공기를 흠뻑 들이켜며 그 공간의 느낌을 가득 안아 봅니다.

많은 분들께서 공감하실 것 같은데요. 이상하게 침대가 놓인 아늑한 제 방에서는 일이 잘되지 않을 때가 많습니다. 하지만 깔끔하고 쾌적한 환경의 카페에서 일을 할 때면 평소보다 능률이 배로 오릅니다. 그래서 저는 업무가 많을 땐 하루에 카페를 서너 군데 이동하며 업무를 처리합니다.

〈공간이 마음을 살린다〉는 책을 보면, 공간이 정신과 신체 건강에 큰 영향을 끼친다고 합니다. 실제로 따스하게 느껴지며 더 머물고 싶은 공간이 있는가 하면, 이내 벗어나고 싶은 공간도 있습니다. 저는 집이나 가게를 계약할 때에도 좋은 에너지나 분위기가 느껴지는 곳을 찾아 계약을 하곤 했습니다.

천장의 높이가 높으면 우리는 그 공간을 훨씬 더 넓게 해석하고 사고를 확장시킨다 합니다. 그런 공간은 창의성을 요하는 일에 더 적합할 것입니다. 그와 반대로 천장이 낮으면 우리는 그 공간을 좁게 해석하고 사고도 협소해 진다고 합니다.

저는 스무 살에 서울로 와서 10여 차례 이사를 했습니다. 그 때문에 다양한 공간에서 살아 봤습니다. 아늑한 원룸도 있었고, 공장을 개조한 지하 1층의 넓은 공간도 있었습니다. 또 복층 구조로 천장이 높은 곳도 있었습니다.

이렇게 여러 공간을 옮겨 가며 살아본 결과, 제가 가장 오래 머문 곳은 천장이 높은 복층 오피스텔이었습니다. 창의적인 일을 하다 보니 그 공간이 가장 잘 맞았던 것 같습니다.

"공간이 그 안에 살고 있는 '삶의 희망'과 일치했을 때 그곳을 '집'이라고 한다."

알랭 드 보통의 이 말처럼, 누구에게나 편안한 보금자리가 있고, 그 보금자리가 주는 삶의 희망을 흠뻑 느끼면 좋겠습니다.

#17

혼자만의 시간

보내기

이따금 저는 일부러 혼자만의 여행을 떠납니다. 이때 반드시 가져가는 것이 노트북과 카메라입니다. 어느 곳에 있더라도 글쓰기와 사진 찍기는 저와 함께하거든요.

낯선 곳에 도착해서는 나를 내팽개쳐 놓듯, 자유롭게 흘러가 보기도 합니다.

저는 '물 흐르듯' 가는 것을 좋아합니다.

지금도 글을 쓰며 혼자만의 시간을 보내고 있습니다. 대구 강연이 끝난 뒤 동성로 카페 거리로 흘러와서 낯선 곳에서의 여유를 즐기고 있습니다. 그리고 그 어느 때보다 행복한 시간을 갖고 있습니다. 시원한 아이스 아메리카노와 치즈 크림이 가득한 케이크를 입에 머금고 키보드를 두들기며 글을 쓰고 있습니다. 이 얼마나 자유로운가요?

그리고 새콤달콤 신선한 딸기도 맛보는 중입니다.

혼자만의 시간을 보낼 때 저는 '오직 나를 위해서' 시간을 보냅니다. 그렇기에 오롯이 '내가 좋아하는 것, 내가 먹고 싶은 것, 내가 하고 싶은 것'들만 하면서 보냅니다.

혼자가 아닌 둘일 때, 선택 장애를 겪어본 적 있나요? 아마도 상대방을 배려하느라 먹고 싶은 케이크를 포기했던 적이 있을 것입니다.

어디 케이크뿐인가요? 상대방에게 맞추기 위해 먹고 싶은 음식을 양보하기도 하지요. 하지만 혼자서 시간을 보낼 수 있는 '용기'를 조금만 갖게 되면 모든 것이 나를 위한 선물이 됩니다.

대부분의 사람들은 다른 사람들과 함께하는 것에 익숙해져 있습니다. 불과 10년 전 저 또한 혼자 있을 때는 불안해하곤 했습니다. 혼자 있으면 안 될 것 같아서, 전화 통화라도 하며 외로움을 달랬습니다. 언제나 모임에 있어야만 했고, 사람을 계속 만났죠. 그야말로 외로움을 가득 안고 살았습니다. 그러던 중 언제인가부터 혼자 있는 시간의 소중함을 알게 되었습니다.

처음 '혼자 있어야 하겠다!'고 결심한 것은 친구와 떠났던 제주도 여행에서였습니다. 제주도에서의 소중한 시간을 오직 저 자신을 위해 사용하고 싶었죠. 처음에는 쉽지 않았습니다.

두근거리고 불안하고, 혼자 밥 먹는 시간조차 낯설게 느껴졌습니다. 혼자라는 이유로 식당에서 푸대접을 받았을 때는 왠지 모르게 서러움도 느껴져 눈물이 맺히고 엄마 생각이 나기도 했습니다.

하지만 혼자 있기로 결심한 이후 조금씩 어른이 되어 간다는 것을 느낄 수 있었습니다.

'나를 위해' 매일 계획을 짜기 시작했고, 그 시간에서 오는 행복은 생각했던 것보다 더 짜릿하고 컸습니다. 그제야 혼자만의 시간을 보내는 방법과 그 시간 속에서 찾아오는 행복을 제대로 알게 된 것 같습니다.

누군가 그랬습니다. 인간은 원래가 고독한 존재라고…

저는 기꺼이 그 고독을 받아들였습니다. 인간이기에 그 고독을 선택할 수 있었습니다. 혼자 지하 창고에 머물며, 세상엔 나 혼자뿐이라는 생각에 엉엉 울며 슬픔을 삼킬 때도 그랬습니다.

고독을 느끼며 그것을 기꺼이 받아들였기에 그런 아픔을 견딜 수 있었습니다. 세상에 나 홀로 떨어져 있는 듯 매우 외롭고 쓸쓸했던 지난 시간들, 그것은 저에게 꼭 필요한 '성장의 시간'이었습니다.

성장통을 겪고 난 뒤에는 그러한 아픔과 고독을 관조할 수 있게 되었습니다. 여유가 생기고 느긋해지기까지 했습니다. 그러한 혼자만의 시간이 쌓여 가면서 저는 조금 더 도전하기도 했습니다. 처음 가는 일본 여행. 일본어도 못 하

혼자 스스로를 돌보며 내면과 대화하는 시간.

현재 내 몸의 상태를 체크하며,

어느 곳이 피로한지, 어디가 불편한지를 살펴서

그곳에 주의를 보내며 치유해 나갑니다.

고, 일본에 대해 아무것도 모르는 상태였지만, 무작정 티켓을 예약한 뒤 혼자 떠났습니다.

혼자 일본 구석구석을 발로 밟으며 더 꼼꼼히 살펴볼 수 있었습니다. 그리고 그렇게 몰입했던 여행은 아직도 머릿속에 고스란히 저장되어 있습니다. 다른 어떤 여행보다도 더 가슴 깊숙이 새겨져 있는 거죠.

그 후에도 혼자만의 시간을 견뎌 내고 나를 세상에 내던지기를 수차례 반복. 이제는 혼자 있는 시간이 없으면 안 될 정도가 되었습니다. 직업상 늘 사람들을 만나는데 아무리 활력이 넘치는 바이탈 커뮤니케이터라 할지라도 충전의 시간은 필요한 법이거든요.

에너지 보충이 필요할 땐 역시 혼자만의 시간이 최고입니다. 혼자 스스로를 돌보며 내면과 대화하는 시간. 현재 내 몸의 상태를 체크하며, 어느 곳이 피로한지, 어디가 불편한지를 살펴서 그곳에 주의를 보내며 치유해 나갑니다. 지금의 나를 더욱 단단하게 만들어 준 것은 '혼자만의 시간'이라 생각합니다.

소중한 나에게 혼자만의 시간을 선물해 보면 어떨까요? 그 선물은 선택이 아니라 필수라 말하고 싶습니다. 혼자여서 느낄 수 있는 자유로움을 만끽해 보길 바랍니다!

#18
활력을
되찾는 방법

강연이 끝날 때쯤, 많은 사람들이 제게 묻습니다.

"작가님, 매일 그렇게 활력 있지는 않을 거 아니에요. 어떻게 활력을 충전하시나요?"

저 또한 사람이기 때문에 늘 활력 넘치는 삶을 사는 것은 아닙니다.

하지만 저만의 방법을 통해 활력을 충전해 나아가고 그렇게 충전한 에너지로 또 활력 넘치게 살아갑니다.

가장 중요한 것은 '마인드'입니다.

마음의 여유가 있을 때엔 같은 것을 대하더라도 좀 더 여유롭고 넉넉하게 대할 수 있지만, 마음의 여유가 없을 때는(에너지가 고갈되었을 때) 힘들게 느껴질 수 있습니다.

이렇게 에너지가 고갈되어 있을 때엔 중요한 결정이나 선택을 해도 좋은 결과를 얻지 못하는 경우가 많습니다. 그렇기에 항상 최상의 컨디션을 유지하는 것이 중요합니다. 그러려면 매일매일 본인의 상태를 체크하고 스스로 돌보는 시간을 자주 가져야 합니다. 제가 활력이 넘칠 수 있는 이유는, 매일같이 저 스스로의 상태를 체크하기 때문입니다.

활력이 없을 때 활력을 되찾는 첫 번째 방법은 '타인에 대한 사랑과 나눔을 행하는 것'입니다.

주변에 있는 사람들에게 내가 갖고 있는 아주 작은 것부터 나누는 것이지요. 물질적인 것이 아니어도 좋습니다. 기분 좋은 말 한마디가 될 수도 있고, 예쁜 미소도 좋습니다. 상대방을 기쁘게 해 줄 수 있는 것이라면 뭐든 좋아요.

저는 해마다 겨울이 되면, 독거 노인 분들에게 연탄 나눔을 행합니다. 벌써 4년째 하고 있는 이 행사를 통해 추운 겨울에 꽁꽁 얼어붙은 마음을 녹이기도 했습니다. 행사 이름은 '마음 나누기'. 그 행사를 함께했던 사람들도 가슴이 따스해졌다고 합니다. '누군가에게 도움이 되는 사람'이 되었다는 것만으로도 우리의 가슴은 따스해질 수 있습니다.

세상에 쓸모없는 사람은 단 한 명도 없습니다. 누구든 세상에 도움을 줄 수 있고, 그런 행동을 하면 자존감도 높아집니다.

활력을 되찾는 다른 방법은, 혼자만의 시간을 보내며 스스로 충전하는 것입니다. 최근에 저는 울산에 가서 어머니 가게 개업을 도와드렸습니다. 며칠간 계속된 준비 때문에 몸과 마음이 지쳐갈 때쯤, 혼자만의 시간을 보내기 위해 호텔에 간 적이 있습니다. 욕조가 달린 방을 달라고 한 뒤, 따스한 물이 가득 담긴 욕조에 들어가 자연의 소리를 들으며 명상을 하였습니다.

서울에서 지낼 때 집에 가면 나와 대화를 나눌 시간이 많았는데, 울산에서는 너무나 많은 일에 지쳐가고 있었던 것입니다. 바로 그때 혼자만의 시간을 갖고 힐링한 것은 참 현명한 태도였습니다. 그렇게 스스로를 충전함으로써 더 많은 에너지를 채워, 가게에 방문하는 손님들에게 더욱 친절하게 서비스할 수 있었습니다.

저는 몸이 지쳤다고 느껴지면 무조건 하고 있던 일을 멈추고 휴식부터 취합니다. 예전에는 '지금 하고 있는 일만 끝내고 쉬어야지.'라고 생각하고 일을 했습니다. 하지만 지금은 몸이 지쳤다는 느낌이 들 때는 우선 쉬고 난 다음 다시 일을 진행해야 능률이 올라서 일도 더 빨리 기분 좋게 끝낼 수 있다는 것을 알게 되었습니다.

세 번째 방법은 혼자만의 여행을 떠나는 것입니다.

여행은 많은 이들의 가슴에서 꿈틀거리는 꿈입니다. 하지만 실제 행동으로 옮기지 못하는 경우가 많습니다.

저는 소셜 커머스에서 비행기 티켓이 저렴하게 나온 것을 보면, 다른 생각은 하지 않고 우선 구매합니다.

머뭇거리며 행동하지 못하면, 기회는 오지 않습니다. 그렇기에 우선 결제를 해 두고 여행 일정에 맞추어 다른 일정을 조율합니다.

멘티 동생들에게도 '혼자만의 여행을 떠나라'고 말해 주곤 하는데, 얼마 전 혼자 여행을 다녀온 동생이 복잡했던 생각이 정리되고, 친구들과 갔을 때보다 더 많은 추억들을 만들고 왔다며 고마워했습니다.

혼자만의 여행을 통해 성장할 수 있는 이유는 가고자 하는 곳들을 주도적으로 결정할 수 있기 때문입니다. 친구들과 함께 움직일 때에는 서로 주도권을 가지려고 하거나, 상대방에게 맞추려 하기 때문에 본인이 원하는 대로 움직이지 못하는 경우가 많습니다.

즐기기 위해 떠난 여행길에서 다툼이 생길 수도 있습니다. 하지만 혼자서 여행을 하면 스스로 가는 곳을 결정하고, 그 결정에 대한 책임도 본인 스스로가 지면서 온전히 본인이 원하는 여행을 할 수 있습니다.

주도적으로 본인이 생각하고 결정한 뒤 행동을 하면 자존감도 높아지고 좀 더 밝게 살아갈 수 있습니다. 주도적인 삶을 사는 것 또한 제가 활력을 되찾는 하나의 방법입니다.

본인이 결정한 삶에 대해 책임지고 사는 사람들은 얼굴 표정부터 남다릅니다. 그런 사람들은 언제나 입가에 미소가 있고, 얼굴빛이 환합니다. 존재만으로도 빛이 나기도 합니다. 지금 옆에 있는 거울을 한번 볼까요? 여러분의 얼굴 빛깔은 어떠한가요?

#19

나를
사랑하는 방법

사람은 누구나 수많은 감정의 변화를 겪습니다.

많은 사람들이 자신을 타인과 비교하며, 본인의 가치를 잃은 채 남의 시선만 신경 쓰며 살기 때문에 열등감에 시달립니다. 우리는 다른 누구와 비교되기보다는 '나만의 삶'을 찾으며, 소명을 찾아 살아갈 때 행복할 수 있습니다.

그러므로 다른 누구와 비교할 수 없는 '나만의 삶'을 찾아 살아가는 것이 가장 중요합니다. 그러려면 어떻게 해야 할까요?

그러한 삶을 찾아가는 것이 인생을 살아가는 이유이자, 존재의 이유가 아닐까요? 저는 인생 자체가 하나의 여행이라 생각합니다. 그래서 매 순간 존재의 가치를 찾기 위해 탐험하고 모험을 합니다.

나를 찾아가기 위해 우리가 기억해야 할 것들에 대해 적어봅니다.

가장 중요한 것은 나 자신을 '있는 그대로' 바라보는 것입니다. 힘든 순간은 예고 없이 찾아오곤 하죠. 그럴 때 감정의 소용돌이에 휘말려 슬픔과 아픔에 빠져들 때가 있습니다. 하지만 그럴 때 그런 감정을 빨리 알아차리고 스스로 조정하는 것이 중요합니다. 감정에 지배되지 말고, 감정을 알아차리고 내가 지배하는 것입니다.

모든 생각은 스스로 만들어 내는 것입니다. 저는 이것을 인지한 이후로는 자유자재로 감정을 조율하기 시작했습니다. '슬픔'과 '아픔' 등 나를 아프게 하는 감정이 나쁜 것은 아닙니다. 이러한 감정은 무의식에 있는 스트레스를 깨끗이 씻어 내는 역할을 하기도 합니다. 마음이 맑아지기 위해 필요한 순간이죠. 인간이기에 기쁨, 슬픔, 환희 등 다양한 감정을 경험할 수 있는 것이라 생각합니다. 감정들을 즐길 수 있을 때 즐기는 건 좋은 현상입니다.

사람들은 본인이 갖고 있는 것보다 갖지 못한 것에 대한 욕망이 더 큽니다. 그리고 갖지 못한 것에 대해 괴로워합니다. 이러한 삶에 대한 '욕심'은 과도한 스트레스를 불러오기도 합니다. 그럴 땐 눈을 감고 가만히 생각에 잠겨 보십시오. 혹은 펜과 종이가 있다면, 잠시 시간을 내서 적어 보세요. 내가 갖고 있는 장점들을...

내 안의 거인을 찾는 가장 좋은 방법 중 하나는 '지금 잠시 멈추고 나 자신을 돌아보는 시간을 갖는 것'입니다. 그리고 나 자신을 있는 그대로 바라봐 주세요. 어떠한 것이든 상관없습니다. 나의 장점과 단점 모두를 있는 그대로 '인정'

해 주세요. 단점 또한 나의 일부입니다. 괜찮습니다.

저 또한 제가 가진 장점들을 하나씩 찾았습니다. 그러한 장점들은 저에게 작은 용기를 주었고, 일을 해 나가는 원동력이 되었습니다. 저는 단점을 없애려고 노력하기보다는 장점들이 돋보일 수 있도록 자기 계발을 해 나아갔습니다.

또한 나를 찾아가는 것은 나를 소중하게 생각하는 것에서 시작합니다. 이 글을 읽고 있는 당신은 세상에 단 하나뿐인 존재이고, 소중한 사람임을 잊지 마세요.

이 세상에서 가장 중요한 건 나 자신이야.
소중하고 중요한 나에게 관심을 갖자.
나를 보고 나에 대해 가장 잘 아는 것.
나를 사랑해야 다른 사람도 사랑할 수 있고
나를 이해해야 다른 사람을 이해할 수 있고
나를 존중해야 다른 사람을 존중할 수 있다.
내가 살아 있음에 감사하고,
모든 존재의 소중함과 감사함을 알고
나를 중심으로 존재하는 모든 것들

사람, 자연, 사물에 감사하고

세상의 '중심'이 되어 '중심'을 지키며 살아가자.

나 자신이 심심하지 않도록

취미를 만들어 주고

친구를 사귀어서

외롭지 않게 해 주고

가끔은 멋진 식당에서 식사를 하며

나 자신에게 선물을 주고

많은 사람과 어울릴 수 있게

해박한 지식을 쌓도록 책을 보고

아침마다 거울을 보며 '파이팅'을 외쳐서

하루를 활기차게 만들어 주고

신발만은 좋은 걸 신어

좋은 곳에 데려다 주게 하고

미래의 나 자신이 위험하지 않게

저축으로 대비하고

건강을 유지하도록

하루 30분씩 꼭 산책을 하고

부모님께 잘해서 이다음에

후회하지 않도록 하고

예쁜 꽃들을 주위에 꽂아 두고

향기를 맡을 수 있게 해 주고

넘어졌을 때 다시 일어날 수 있도록

나를 훈련시켜 주고

속이 힘들지 않게

과음하지 않게 해 주고

너무 많은 것을 속에 담아 두지 않게

가끔은 펑펑 울어 주고

누군가에게 섭섭한 일이 있어도

용서해 줌으로써 내 마음을

편하게 해 줘야 한다.

—좋은 글 중

#20

마케팅,
'본질'이
중요하다

여러 업체들이 블로그 광고를 하지만 잘되는 업체는 한정되어 있습니다. 광고에 아무리 돈을 쏟아 붓는다고 하더라도 사람들이 방문하는 곳은 그중 '괜찮아 보이는' 몇 군데뿐입니다. 왜 그럴까요?

한때 광고회사에 몸담기도 했고, 블로그에 중점을 두면서 마케팅에 더 많은 관심을 갖게 되었습니다. 그러다 보니 예전에는 중요하다고 생각지 않았던 것들을 볼 수 있는 안목이 생겼습니다. 그런 제 눈에 들어온 것이 있습니다.

마케팅에서 가장 중요한 것은 '본질'입니다. 이건 단지 내실이 좋아야 한다는 도의적, 도덕적 차원의 이야기가 아닙니다. 장기적인 안목을 갖고 보면, 역시 가장 중요한 마케팅의 요소는 '본질'입니다.

예를 들어 광고를 보고 어떤 음식점을 방문했을 때, 광고와 어딘가 모르게 다르다는 느낌을 받게 되면, 결코 다시는 그곳을 방문하지 않게 됩니다.

항상 생각하지만 고객은 냉정합니다. 사람들의 느낌은 대체로 비슷해서 '정성'을 기울이지 않은 서비스나 상품은 누구나 금방 알아챕니다. 여기에 더해 광고와 다르다는 식의 배신감 내지는, 속았다는 느낌이 더해지면 상황은 이전보다 더 악화될 수도 있습니다.

블로거로 일하다 보니, 여러 업체에서 협찬이 들어오기도 하고 각종 체험단 활동도 했습니다. 정말 바쁠 때에는 하루에 일고여덟 업체를 다녀, 한 달 동안 200군데를 다니기도 했습니다.

다양한 업종과 업체를 경험하고 나서 느낀 것은 '잘되는 곳'은 뭐가 달라도 다르다는 것입니다. 매장에서 느껴지는 분위기와 서비스가 일반 업체와는 비교할 수 없을 정도로 다르다는 느낌을 받았습니다. 저 역시 창업을 해 왔고, 또 창업을 준비하고 있는 입장이다 보니, 여러 업체를 다니며 그곳의 독특한 상품, 메뉴, 매장의 청결도와 서비스, 동종 업체들과의 차별성 등을 주의 깊게 살펴봅니다. 호기심이 많다 보니, 새로운 공간에 갔을 때 그곳의 인상 깊은 것들에 저절로 눈이 갔던 것입니다.

인상 깊었던 곳을 한 군데 소개하겠습니다.
경복궁에서 통인시장 가는 길목에 '잘빠진메밀' 이라는 음식점이 있습니다.

이곳은 지하에 있음에도 불구하고 매일 빈자리가 없을 정도입니다.

우연히 알게 되어 처음 방문했을 때, 작은 문 앞에 생소하게 남자아이의 졸업 사진이 세워져 있었습니다. 그리고 사진 옆에는 이런 글귀가 적혀 있었습니다.

"6월 14일부터 울상인 아이가 막국수를 뽑고 있습니다"

사장님의 위트 있는 글귀에 반해 유쾌한 마음으로 좁은 계단을 성큼성큼 내려가 보았습니다.

가게 입구에 적혀 있던 또 다른 글귀.

"면이 끊긴다구요? 메밀 100%라서 그렇습니다. 저희 가게는 기계 반죽이 아닌 주인장 손으로 직접 반죽한 메밀 면만을 제공합니다."

가게에 대한 신뢰도가 조금 더 생겼습니다.

'곳곳에 주인장의 정성이 가득하구나!'라는 느낌을 받은 이유는 벽에 적힌 메뉴 소개를 보고서였습니다.

"국내산 한우 양지, 각종 한약재 열매와 나무, 각종 야채와 다시마. 세 가지를 각각 장시간 끓인 후에 혼합하고 기름기 제거 한 뒤 또 수 시간을 끓였습니다."

요즘은 음식으로 장난치는 업체들도 많아서 음식을 사 먹을 때 큰 기대를 안

하는데, 이 정도 되니 메밀국수를 먹기도 전에 감동부터 하게 되었습니다. 메뉴판은 김밥 발에 붙어 있었으며, 메뉴판 이름도 재미났습니다.

"이래봬도 메뉴판이오!"

다양한 막걸리 맛을 즐길 수 있는 '막걸리 샘플러'는 이 집의 단골 메뉴입니다. 다섯 가지 막걸리를 종류별로 먹어볼 수 있는데, 거기에 더해 잔 아랫부분에는 하나하나 막걸리에 대한 설명도 적혀 있어서 막걸리에 대해 배울 수도 있고 애정도 생겨났습니다.

잠시 후, 주문한 메밀국수가 나왔습니다. 깔끔한 메밀국수 본연의 맛을 즐길 수 있어서 좋았습니다. 게다가 주인장의 정성이 담긴 음식이라 생각하니 그 음식을 대하는 자세부터가 달라질 수밖에 없었습니다.

맛있게 면을 다 먹은 뒤 정성껏 끓인 육수를 벌컥벌컥 마셨습니다. 뿌듯함이 몰려왔습니다.

정성이 담긴 음식을 대하는 자세는 어찌 보면, 주인장의 마인드가 만들어 내는 게 아닐까 싶습니다.

맛이 없는 곳에 다녀와서도 맛있다고 올리는 블로거도 있습니다. 저는 도저히 그럴 수 없다는 생각을 갖고 있습니다. 블로그를 찾는 사람들은 업체에 대

여러 SNS를 통해서 보이는

개인의 모습도 그러한 간극을

최대한 줄일 수 있어야 한다고 생각합니다.

한 정보를 찾기 위해 방문하기도 하지만, 저라는 사람에 대한 신뢰 때문에 블로그를 방문하기도 하기 때문입니다.

　제 생각엔 무엇보다 업주의 마인드가 중요합니다. 가게만의 특별한 무언가가 있어야 합니다. 오직 그곳에서만 발견할 수 있는 특별한 그 무엇 말입니다. 이것은 영업을 하는 곳에만 적용되는 것은 아닐 것입니다. 여러 SNS를 통해서 보이는 개인의 모습도 그러한 간극을 최대한 줄일 수 있어야 한다고 생각합니다.

　'내실'이란 그런 것이 아닐까요?

책 속 의 이 야 기

파워 블로거로서 상황에 진솔해지기

하루 방문자 1만 명 이상의 파워 블로거가 되면서 생긴 딜레마가 있습니다. 제 생활의 모토는 '진실된 사람이 되자'인데, 블로그 포스팅 부탁을 한 업체의 서비스가 엉망이거나 음식 맛이 없을 때, 있는 그대로 글을 쓰기가 부담스러웠습니다.

처음에는 갈등을 했던 것도 사실입니다.
"내 블로그를 방문하는 사람들은 나를 믿고 해당 업체를 방문할 텐데 이건 단순한 가식이나 과장이 아니라, 나에 대한 신뢰를 떨어뜨리는 게 아닐까?"라는 생각이 들었습니다. 저는 누군가를 본의 아니게 속였다는 생각이 들면 몸의 한쪽 구석이 아픈 것처럼 불편을 느낍니다.

평소 잘 알고 지내는 작가님은
"진향 씨는 사람들에게 최선을 다해 진솔해지려고 하는 게 정말 좋은 장점인 것 같아요."

하고 말씀해 주셨습니다. 그만큼 '진솔함'은 저의 생활에서 빠질 수 없는 중요한 가치입니다.

　물론, 블로그를 꾸리면서 나름 보람을 느낍니다. 정성껏 사진을 찍어 보정한 뒤 올린 블로그 포스팅을 통해 "가게에 도움을 받았다."는 이야기를 들으면 기분이 좋아집니다.

　분명히 마케터에게 블로그는 좋은 수단입니다. 현재 저의 블로그에는 하루에 1만 2천 명 정도가 들어옵니다. 그 많은 사람들이 하나의 포스팅을 보기 위해 오는 것은 아니겠지만, 꽤 많은 사람들이 제가 작성한 포스팅을 보러 들어오는 건 분명합니다.

　블로그 활동이 저의 생계에 어느 정도 도움되는 것도 사실이지만, 저는 블로그를 통해 희망을 전하고 싶습니다.

　최근에 모 피자집의 홍보를 맡아서 해 드렸습니다. 대기업 피자집에 밀려 개인 피자집은 어려움을 겪는 경우가 많은데, 그곳 사장님과 인연이 되어 지금은 제가 주최하는 행사도 그곳에서 여는 등 그곳에 도움이 되기 위해 노력하고 있습니다.

　얼마 전에는 저의 생일 파티를 그곳에서 열기도 했습니다. 사장님은 너무 고마워하셨고, 사장님께서 기뻐하시는 모습을 보면서 저도 기분이 좋아졌습니다.

　주변의 사람들에게도 그곳 피자가 맛있다고 입소문을 냈습니다. 사실 저는 피자를 잘 먹는 편이 아닌데, 그곳 피자는 아주 맛있게 먹을 수 있었습니다. 사장님의 정성이 담겨서 그런 게 아닐까 싶습니다.

　하지만 이런 나의 마음이 모두에게 전달되는 것은 아닙니다. 블로그 홍보로 열 시에 예약을 하고 방문했던 뷰티숍이 있었습니다. 그런데 가게 주인의 심드렁한 태도와 준비 부족으로 헛걸음을 하고 말았습니다.

　그날은 그렇게 나오고 다음에 다시 방문했는데, 홍보를 위한 무료 시술이라 그런지 무성의한 마사지 때문에 얼굴 피부가 너무 아팠습니다. 충분히 문제점을 말씀드렸지만, 상황은 나아지지 않았습니다. 힘들어서 "도저히 안 되겠다." 했더니, 그 주인은 불쾌한 표정을 지으며 마사지를 끝냈습니다.

　고객의 입장을 전혀 배려하지 않는 그런 모습들에 대해서까지 "거기 서비스가 너무 좋았어요."라는 포스팅을 할 수는 없었습니다. 결국 서비스 부분은 언급하지 않고, 장소와 장비, 인테리어 같은 것들을 언급하는 수준에서 포스팅을 마쳤습니다. 그것이 제가 배려하는 '진솔함'의 한계였습니다. 아닌 걸 맞다고 적을 수는 없으니 말입니다.

　진솔함은 장점이 될 수도 있지만, 어떤 경우에는 불편함으로 다가올 수도 있습니다. 그렇긴 해도, 진솔함은 언제나 내가 표방하는 삶의 방식이 될 것입니다. 이것은 저의 신념이기 때문입니다.

#21

변화와 융합,
휴먼 브랜드

　최근 저의 직업 중 가장 큰 비중을 차지하는 것은 개인의 장점을 극대화하여 꿈과 연결될 수 있도록 휴먼 브랜드를 구축해 주는 일입니다. 휴먼 브랜드 컨설팅 시대가 도래하면서 이제는 개인의 역량에 따라 직업을 창출할 수 있는 시대가 되었습니다.

　이전 시대에서는 한 가지 직업에 수천, 수만 명이 매달렸습니다. 수많은 사람이 하나의 '목표'를 향해 달려갔던 것입니다.

　이제는 시대가 바뀌었습니다.

　본인의 적성과 재능을 파악하고 좋아하는 분야가 무엇인지 생각하고, 경험과 지식 등을 갈고 닦아 창의적으로 실현하여 새로운 직업을 만들기 시작했습니다.

　창직(創職)의 시대가 된 것입니다! '창직'이란 창조적인 아이디어를 통해 자기주도적으로 기존에 없던 직업이나 직종을 새롭게 만들어 내거나 기존의 직업을 재설계하는 활동을 말합니다.

창업과는 다른 개념입니다. 통계에 따르면, 현재 학생들의 65%는 아직 생기지도 않은 직업을 갖게 될 것이고, 현재 직업의 47%가 20년 내에 사라진다고 합니다. 많은 사람들이 이 예측에 공감할 것입니다.

실제로 저는 저만의 '휴먼 브랜드'를 정한 이후로 삶이 달라졌습니다.

예전에는 욕심을 품고, 하고 싶은 일을 했다면 이제는 '활력으로 소통'하고자 다양한 활동을 하며, 내가 진정으로 하고 싶은 것들 위주로 살아가고 있습니다.

스스로가 정말 좋아서 하고 싶은 일들을 하자, 주변 사람들에게까지 저의 행복 에너지가 전해지기 시작했습니다.

사실 '바이탈 커뮤니케이터'는 기존에 제가 해 왔던 모든 직업을 하나로 묶어주는 역할을 하는 고유의 휴먼 브랜드입니다.

그리고 더 중요한 건, 기존의 직업들을 하나로 묶어 줄 뿐 아니라 새로운 직업이나 활동을 할 때에도 고민이나 망설임 없이 쭉쭉 나아갈 수 있다는 점입니다.

스스로에 대한 한계를 정하고 살아가는 삶이 아닌, 본인의 능력을 마음껏 발휘하고 도전하는 삶입니다. 휴먼 브랜드가 생긴 이후로는 다른 사람의 시선에 신경 쓸 필요가 없었습니다. 그저 내가 원하는 것이 무엇인지, 나 스스로의 내면에 좀 더 집중하고 귀 기울이게 되었습니다.

저는 직업을 찾아온 것이 아닙니다. 제가 하는 활동들이 그냥 직업이 된 것입니다. 일자리가 없어서 많은 청년들이 고통 받고 있는 현실 속에서 한 가지 말하고 싶은 게 있습니다. 많은 사람들이 가는 길로 같이 향하지 않아도 된다는 것입니다. '길'은 지구상에 존재하는 사람의 수만큼 존재한다고 생각합니다. 강의가 끝날 무렵에 틀어 주는 영상이 하나 있습니다.

오늘도 계속해서 달린다. 누구라도 달리기 선수다.

시계는 멈출 수 없다. 시간은 한 방향으로밖에 흐르지 않는다.

되돌아올 수 없는 마라톤 코스. 라이벌과 경쟁해 가며 시간의 흐름이라는 하나의 길을 우리들은 계속 달린다.

보다 빠르게, 한 걸음이라도 더 앞으로.

저 앞에는 반드시 미래가 있을 거라 믿으며.

반드시 결승점이 있을 거라 믿으며.

인생은 마라톤이다.

하지만 정말 그럴까? 인생은 그런 것일까?

아니다. 인생은 마라톤이 아니야.

누가 정한 코스야? 누가 정한 결승점이야?

어디로 달리든 좋아. 어디를 향해도 좋아. 자기만의 길이 있다.

자기만의 길? 그런 건 있는 걸까?

그건 몰라.

우리들이 아직 만나 보지 못한 세상은 끝도 없이 넓어.

그래, 발을 내딛는 거야.

고민하고 고민해서 끝까지 달려 나가는 거야.

실패해도 좋아. 돌아가도 좋아. 누구랑 비교 안 해도 돼.

길은 하나가 아니야. 결승점은 하나가 아니야.

그건 사람의 수만큼 있는 거야.

모든 인생은 훌륭하다.

누가 인생을 마라톤이라고 했나?

가슴을 뜨겁게 만들어 주는 일본의 한 리쿠르트 회사의 광고 영상입니다.
이 영상은 페이스북을 통해 빠르게 공유되며 청년들의 마음을 위로해 주기
도 했습니다. 광고는 마라톤을 하는 사람들로 북적이는 한 도심에서 시작됩
니다. 더 나은 미래와 결승점이 있을 것이라는 막연한 믿음을 갖고 옆에 있는
사람들을 경쟁자로 생각하는, 되돌아올 수 없는 마라톤 코스를 우리의 삶에

빗대었습니다.

'인생은 마라톤이다'라는 독백으로 광고가 끝나는 듯하지만, 뒤돌아보는 주인공이 '이것'에 대한 물음을 갖게 되고, 인생은 마라톤이 아니라고 말합니다. 누가 정한 건지 알 수 없는 결승점에 도달하기 위해 모두가 그곳만 바라보고 삶을 살아가는 것이 과연 맞을까? 인생은 하나의 길만 있는 것이 아니고, 자기 자신만의 길이 있고, 그것을 향해 노력하고 달려 나가는 것이라고 말합니다.

제가 갖고 있던 생각을 너무나 잘 표현한 영상이라 강의 때마다 꼭 보여주게 되었습니다. 내가 받은 감동을 학생들도 고스란히 느꼈으면 하는 마음에서 말입니다. 아직도 이 영상을 볼 때마다 가슴에서 무언가 뭉클거리고 꿈틀거립니다.
창직의 시대, 휴먼 브랜드를 만들기 위해 가장 중요한 것은 무엇일까요?
바로 본인만의 '차별화된 콘텐츠'입니다.
본인이 잘하는 것이 무엇인지, 본인의 단점보다는 '장점'들을 살펴보고 거미집을 짓듯, 꼭지점을 하나씩 연결해 보는 작업이 필요합니다. 그러기 위해서는 '나 자신'을 잘 알아야 합니다.

"내가 좋아하는 것은 무엇일까?"

"나는 무엇을 할 때 가장 행복할까?"

"다른 사람과 차별화된 나만의 것은 무엇이 있을까?"

그렇게 나만의 콘텐츠를 하나씩 발굴해 가는 과정은 그 무엇보다도 중요합니다. 이때까지 해 왔던 많은 경험들을 살펴보니, '쓸모없는' 경험은 하나도 없었습니다. 모든 경험은 소중한 것이고, 그 경험들이 있기에 지금의 내가 있습니다.

실패와 아픔의 경험은 현재 아픔을 겪는 사람들에게 희망과 용기를 줄 수 있습니다.

여러 가지 창업을 하며 실제로 몸으로 부딪혀 얻은 경험들은 이제 막 창업을 시작하는 사람들에게는 창업에 관한 조언을 해 줄 수도 있게 됐습니다.

블로그 활동을 하면서 찾아온 세 차례의 블로그 저 품질을 극복하자 블로그 강의 요청이 들어왔고, 저의 경험과 터득한 노하우를 원하는 이들과 나눌 수 있게 되었습니다.

모델은 모델에서 그치지 않고, 방송으로 진출하는 계기가 되었으며, 방송 모델, 진행자, MC 등의 다양한 활동으로 연결되었습니다. 제가 지금껏 해 왔던 경험들은 조금씩 변화하고, 다른 영역의 경험들과 융합하기 시작했습니다. 그러면서 '강연가'로서 무대에 서게 되었습니다.

이 모든 것들은 제가 해 왔던 경험들이 '나'라는 사람 안에 차곡차곡 쌓여 있기에 가능했습니다. 우리가 잊지 말아야 할 것 중 하나는, 지금의 내가 다른 경험을 쌓는다고 해서 이전에 해 왔던 경험들이 사라지는 게 아니라는 사실입니다. 그러한 경험들은 변화하고 다른 경험들과 융합되어 새로운 직업을 만들게 됩니다. 나조차 생각하지 못한 그 어떤 것을요.

그것은 다른 사람들이 가지 않은 나만의 길을 만들어 줄 것입니다.

가지 않은 길

—로버트 프로스트

노란 숲속에 두 갈래의 길이 나 있었습니다.
두 길을 다 가 보지 못하는 것을 안타깝게 생각하며
오랫동안 서서 한쪽 길이 굽어 꺾여 내려간 곳으로
바라볼 수 있는 데까지 멀리 바라보았습니다.
그리고 똑같이 아름다운 다른 길을 택했습니다.

그 길에는 풀이 우거지고 발자취도 적어

누군가 더 걸어가야 할 길처럼 보였기 때문입니다.

그 길을 걸으므로, 그 길도 거의 같아질 것이지만.

그날 아침 두 갈래 길에는 똑같이 밟은 흔적이 없는

낙엽이 쌓여 있었습니다.

아, 나는 다음날을 위하여 한 길은 남겨 두었습니다.

하지만 길은 길로 이어지는 것이기에

내가 다시 돌아올 것을 의심하면서.

먼 훗날에 나는 어디에선가

한숨을 쉬며 이야기할 것입니다.

숲속에 두 갈래 길이 있었다고.

그리고 나는 사람이 적게 간 길을 택했노라고.

그래서 모든 것이 달라졌다고

책 속 의 팁

나만의 휴먼 브랜드 만들기

BRAND & IDENTITY

개인 브랜딩을 위한 5가지 조건

- **브랜드를 알리기 전에 먼저 나의 브랜드를 발견하라.**

  무엇을 나타내고 싶은가? 미션, 가치, 나의 차별성 파악하기.
  나의 강점, 장기적 목표 생각하기, 목적의식을 갖고 개인 브랜딩하기.

- **중복된 닉네임이 있는지 체크해 보라.**

  본인에 대한 디지털 재산권을 소유하자.

- **어떤 사람으로 보이고 싶은가?**

  내가 지향하는, 갖고 싶은 이미지의 단어를 쭉 나열해 보라. 내가 갖고 있는 강점과도
  매치되는지 체크해 보라.

- **하나의 그림, 이름, 구호, 테마를 골라서 일관성 있게 사용하라.**

  한 가지 모토나 슬로건을 반복적으로 사용하면 그러한 모토나 슬로건을 가질 수 있다.
  (글씨체, 색깔, 스타일 등)

- **콘텐츠를 게재하여 나의 목소리를 느낄 수 있도록 하라.**

  나만의 스토리를 만들어라! 새로운 경험을 함으로써 콘텐츠를 재구성하라.

휴먼 브랜드 만들기 실습

- 나의 장점은 무엇인가?

- 내가 좋아하는 컬러는 무엇인가? 왜 그 컬러를 좋아하는가?

- 나는 어떤 외모를 갖고 싶은가?

- 나는 사람들에게 어떻게 불리고 싶은가?

- 나는 어떤 경험을 하고 싶은가?

- 내가 갖고 싶은 이미지를 단어로 나열해 보라.
  (내가 갖고 있는 강점과도 매치되는지 살펴보라.)

#22

상대방을
높여 주는 태도,
경청

어린 시절, '내가 잘하는 게 뭔지 잘 모르겠다'고 생각하던 때가 있었습니다. 그러던 중 친구들이 자신들의 생각이나 느낌 또는 고민을 저에게 잘 털어놓는다는 것을 알게 되었습니다. 그때는 그것이 저의 장점이라는 생각은 못 했습니다.

성장해서 어떤 분들과 종일 진중한 대화를 나누게 되었습니다. 장시간, 한 번의 흐트러짐 없이 계속 듣기만 했습니다.

사실 그건 보통 힘든 게 아니죠. 하지만 말씀하시는 분에게 예의를 갖춰 '잘' 들어야 한다고 생각했습니다. 그런 저의 태도를 보고 한 분께서 "경청을 참 잘한다."는 말씀을 해 주셨습니다. 그때, '아, 내가 듣는 것에 재주가 있구나.' 하는 생각이 들었습니다.

사실, 저는 말하는 것보다 듣는 것을 더 좋아합니다.

  상대방의 말을 듣다 보면 배울 점이 많습니다. 어떤 면에서 '말'이라는 것은, 하면 할수록 자신의 무지와 인격을 드러내는 것이라는 생각이 듭니다. 그런 면에서, '말'은 줄일수록 좋은 것 같습니다. 옛말에 "입은 하나지만, 귀가 두 개인 이유가 있다."는 말이 있습니다.

  사람들은 본능적으로 듣는 것보다 '말하는 것'을 더 좋아하는 것 같습니다. 하지만 말을 하더라도 주의 깊게 한 번 더 생각해서 필요한 말을 하는 것이 좋습니다. 섣불리 말을 꺼내 낭패를 보게 되는 경우도 있으니 말입니다.

  저에게 경청이란, 상대방의 말을 '듣는' 것이 아니라 상대방이 말을 할 때에 그 사람 전체를 음미하듯 '느끼는 것'입니다. 대화를 할 때는 얼굴에 주의를 두기보다는 말의 형태에 집중하면서 상대의 의중을 헤아려 보기 위해 분위기와 음성 등을 그대로 느껴 보고는 합니다.
  심리 상담에 대해 공부할 때 배운 한 가지 사실이 있습니다.
  사람은 단지 들으려고 노력만 해도 어떤 사람과 공감대가 일어날 수 있다는 사실입니다. 주의를 기울여 듣는 것만으로도 의미 있는 대화가 가능한 것입니다.

  꼭 그렇지는 않겠지만, 자존감이 낮거나 외로운 사람일수록 말수가 많은 것 같습니다. 그런 사람들은 열등감 때문에 자신을 드러내고, 주장하고 싶은 욕구가 강한 것 같습니다. 그런 이들에게는 경청하는 귀가 반드시 필요합니다.

어떤 사람들은 저를 만나면 "기분이 좋아진다."는 말씀을 합니다. 어쩌면, 그분들 안의 자아를 드러내거나 심적인 고통을 드러낼 수 있도록 제가 충분한 '기다림'을 가졌기 때문인지도 모르겠습니다. 경청의 힘입니다!

듣는 것이 늘 쉬운 것은 아닙니다. 자신의 주장이 너무 강하거나 부정적인 생각과 에너지가 강한 사람을 만나면, 저 역시 제 생각을 강하게 어필하고 싶은 충동이 일어나기도 합니다. 하지만 그런 경우에도 끝까지 기다렸다가 조심스럽게 자신의 의견을 이야기하는 것이 더 좋은 것 같습니다.

경청은 사람의 마음을 여는 열쇠와 같습니다. 경청을 통해서 사람은 또 다른 누군가의 마음을 열고, 가슴에 쌓인 응어리를 녹여 냅니다. 그런 과정을 거치고 나면 '나'는 '그'에게 특별한 벗이 될 수 있습니다.

경청은 사람의 마음을 여는 열쇠와 같습니다.

경청을 통해서 사람은 또 다른

누군가의 마음을 열고, 가슴에 쌓인 응어리를

녹여 냅니다. 그런 과정을 거치고 나면

'나'는 '그'에게 특별한 벗이 될 수 있습니다.

#23

인간관계의 기본,

공감!

　공감 능력이란, 다른 사람의 입장이 되어 그의 심리 상태를 같이 느끼는 능력입니다.

　TV 프로그램을 볼 때 등장한 사람의 아픔이 느껴지며 나도 모르게 눈물이 흐르는 경우가 있죠. 상대방의 입장에 공감을 했기 때문입니다. 상대방의 얼굴이나 행동에서 환희, 절망, 고통, 흥분을 느끼는 순간 공감은 시작됩니다.

　요즘은 '공감의 시대'라고 할 만큼 공감의 중요성이 매우 커졌습니다. 공감을 주제로 한 책이 베스트셀러에 오르기도 했죠. 또 한 설문 조사에서, 응답자의 61.9퍼센트가 미래 사회에 학생들이 갖춰야 할 주요 능력으로 '공감 능력'을 선택해서, 공감 능력이 1위를 차지하기도 했습니다.

　공감이 정신 건강에 미치는 영향이 크기 때문에 심리 치료에서도 공감을 중요시합니다. 예를 들어, 아이가 부모나 중요한 사람에게 공감을 받지 못할 때

정신적인 상처를 받을 가능성이 크며, 치료자가 내담자에 공감을 해 줄 때 치료 효과가 커집니다.

공감은 인간관계에서도 매우 중요합니다. 우리의 행복과 불행, 성공과 실패가 인간관계에 달려 있는데, 좋은 인간관계를 맺을 때 가장 기본이 되는 것이 바로 공감입니다.

공감을 하게 되면 상대방과 좀 더 편하고 행복하게 지낼 수 있습니다. 내가 상대를 잘 모르고 또 상대가 나보다도 더 강할 때엔 두려움이 앞서서 방어적인 태도를 갖기 쉽습니다. 그러나 공감을 통해 상대방을 있는 그대로 볼 수 있다면 두려움은 사라집니다.

공감을 잘하려면 세 가지 능력이 필요합니다.

첫째, 타인의 감정을 이해하고 해석할 줄 아는 능력.
둘째, 자신의 감정을 인식하고 조절할 줄 아는 능력.
셋째, 타인의 입장에서 그의 감정 상태와 같이 느낄 줄 아는 능력(공감적 이해 능력).

경험을 하면 가슴으로 느낄 수 있기 때문입니다.

경험 외에 독서도

공감 능력을 키우는 데 도움이 됩니다.

이렇듯 공감을 하려면 머릿속을 지식으로 가득 채우는 것보다, 타인의 감정과 자신의 감정을 느끼고 이해하며, 상대의 입장에서 같이 느낄 줄 아는 능력을 키워야 합니다.

공감의 핵심은 '역지사지'에 있습니다. 하지만 단순히 생각으로는 부족합니다. 흔히 "타인의 입장에서 생각해 보면 된다."고 쉽게 말하지만, 그렇게만 해서는 진정으로 공감할 수 없습니다. '그럴 것'이라고 추론하는 것과 '실제 경험' 사이에는 괴리가 있기 때문입니다.

그렇다면 어떻게 하는 것이 가장 좋을까요?

제가 생각하는 가장 좋은 방법은 실제로 경험해 보는 것입니다. 경험을 하면 가슴으로 느낄 수 있기 때문입니다. 경험 외에 독서도 공감 능력을 키우는 데 도움이 됩니다. 독서를 하면 상대를 더 잘 이해하고 그 이해를 바탕으로 공감할 수 있게 됩니다.

진심이 담긴 공감에는 마음의 벽을 무너뜨리는 힘이 있습니다. 나 이외의 '타인에게 관심을 갖는 것'이 공감의 시작입니다.

공감은 마음을 열게 하며, 대화를 이끌어 내고, 대화는 소통을 가능하게 한다는 것을 잊지 마세요!

#24

함께하고 싶은
좋은 사람들과
일하는 즐거움

　주변에 함께 일하고 싶은 유쾌하고 진취적인 사람들이 있다는 것은 정말 행운입니다. 제게도 주변에서 기운을 북돋워 주고, 큰 힘을 주는 동료들이 있습니다.

　어쩌면 그런 고마운 사람들은 평생을 두고 함께할 사람일지도 모릅니다. 그런 사람이 주변에 많다면 얼마나 좋을까요? 하지만 그런 사람을 만나기는 쉽지 않습니다.

　제가 함께 일하고 싶은 사람들은 '매력 있는 사람들'입니다. 자신의 위치에서 본인의 일에 몰두하는 사람들은 몸짓 하나하나에서 향기가 납니다. 저 역시 그런 사람이 되고자 늘 노력하고 있습니다.

　저는 그런 노력들이 결실을 맺는 모습을 여러 번 경험하였습니다.

제 경우엔 호기심이 많기도 하고, 관심 분야가 여러 차례 바뀌기도 했습니다. 그러다 보니 어린 나이임에도 불구하고 직업도 다양하게 가지게 되었고, 삶을 이해하고 해석하는 시각도 다채롭게 가질 수 있었습니다.

하지만 여러 경험들에서 설렁설렁 일을 한 적은 없었습니다.

매사에 끝장을 보려고 하는 끈기 덕분에 특정 분야에서 꼭대기 위치까지 가기도 했습니다. 일례로, 이전에 블로거로서의 활동 역시 5개월이라는 짧은 기간에 해당 분야 1위라는 결과를 만들기도 하였습니다.

국내 980만 개나 되는 블로그 중에서 1위의 기염을 토하는 결과가 나오자 저도 놀랐습니다.

그런데 이런 저를 두고 '행운의 여신'이라고 하는 사람들도 있었습니다.

'과연 행운의 여신이라는 타이틀이 나에게 맞는 걸까?'라는 생각도 들었습니다. 그런 결과를 만들어 내기 위해서는 뼈를 깎는 노력이 있었기 때문입니다. 잠도 못 자고 일하고, 나태해지지 않기 위해 채찍질하면서 때로는 눈물 콧물 다 쏟아낼 정도로 고생해서 만든 결과입니다.

어떤 사람들은 드러나는 결과만으로 저를 평가하는 것 같습니다. 하지만 어떤 사람이든 소위 '최고의 단계'까지 올라간 사람들에겐 하루아침에 그러한 결과들이 나타날 수는 없습니다.

재력이나 능력이 뛰어난 사람보다는

자신의 에너지를 더 활기차게 북돋워 줄 수 있고,

언제까지나 오래도록 나의 감정적 지원자가 되어 줄 수 있는

든든한 벗을 만나는 것이 중요합니다.

　저는 사람들의 에너지를 빼앗아가는 사람들을 '에너지 뱀파이어'라고 부릅니다. 함께 일할 때 나의 에너지를 소진시키는 이들과는 빠르게 연을 끊는 것이 좋습니다. 힘들게 그런 인연들을 이어가느니 빨리 포기하고, 좋은 사람들과의 만남을 값지게 이어가는 것이 훨씬 유익합니다.

　우리는 좀 더 지혜로워질 필요가 있습니다. 그리고 '결정'하고 '실행'하는 용기도 필요합니다. 간혹, 겉으로 포장이 잘된 이들이 있지만 시간이 지나고 나면 모든 실체가 드러나기 마련입니다. 포장 안에 무엇이 있느냐를 알아내는 것 또한 우리 자신의 몫입니다.

　좋은 인간관계는 인생의 방향에도 긍정적인 영향을 끼칩니다.
　재력이나 능력이 뛰어난 사람보다는 자신의 에너지를 더 활기차게 북돋워 줄 수 있고, 언제까지나 오래도록 나의 감정적 지원자가 되어 줄 수 있는 든든한 벗을 만나는 것이 중요합니다.

　저는 곁에 있는 그런 벗들 덕분에 얼마나 행복한지 모릅니다.

#25

가장 좋은 사람은

밥 사는

사람

흔히 "먹고 살기 힘들다."는 말을 합니다.

저는 이런 말을 잘 사용하지 않습니다. 생활이 넉넉하고 힘들지 않아서가 아니라, 말이 갖고 있는 힘과 에너지 때문입니다. 그래서 저는 "오늘 하루도 이렇게 맛있는 밥을 주셔서 감사합니다!"라고 말합니다.

'먹고 사는 것'은 그만큼 비중 있는 일이고, 중요한 일이라고 생각합니다.

먹는다는 건 사람의 가장 기본적인 욕구이기도 합니다. 아주 어렸을 때부터 주변에서 먹을 것을 주는 친구가 가장 고맙게 느껴졌습니다. 성인이 된 지금은 어린 친구들에게 맛있는 것을 많이 사 주려고 하는 편입니다. 어릴 적 누군가에게 진 빚을 갚기라도 하듯, 정다운 사람들을 만나면 먼저 맛있는 것을 사 주고 싶은 마음이 일어납니다. 지금 떠오르는 즐거운 기억의 사람들은 저에게 '밥을 사 주었던' 사람들입니다. 이상하게도 그들이 기억에 오래 남습니다.

밥을 함께 먹는 것, 식사를 함께 한다는 것은 '먹는다는 것' 그 이상의 의미가 있습니다. 밥을 함께 먹고 나면 그 사람과 더 쉽게 친해집니다. 기본적으로 가지고 있던 마음의 벽도 허물 수 있는 것이 바로 '함께 식사를 하는 일'입니다. 좋은 대인 관계를 오래도록 가져가려는 사람들은 이런 점을 고려해 볼 필요가 있습니다.

오랜 친구 사이에서도 때로는 오해가 생겨 관계가 서먹해질 때가 있습니다. 지나고 보면, 쉽게 풀릴 수 있는 것들인데 별스럽지 않은 일들에 주변의 말들이 더해지고, 거기에 불필요한 생각들이 더해지면서 오해가 눈덩이처럼 불어나기도 합니다.

이럴 때 필요한 것은, 그냥 "밥 한번 먹자!" 며 손을 내미는 것입니다. 같이 먹는 밥 한 끼는 단순한 밥 한 끼가 아닙니다. 소중한 인연들이 계속해서 이어지게 됩니다.

혹시 지금은 관계가 서먹해졌지만 여전히 소중하다고 생각되는 친구가 있다면 떡볶이라도 좋으니 만나서 뭐라도 먹자고 말해 보는 건 어떨까요?

분명히 예전과는 다른 마음의 자리가 두 사람 사이에 생기게 될 거라 확신합니다. 내가 지불하는 건 한 끼의 식사일지 모르지만, 내가 얻는 건 그 사람과의 애틋한 추억입니다. 아직 일어나지 않은 '미래의 추억'은 그렇게 만들어집니다.

#26

보이지 않는
것을 보는 것,
통찰

　보이지 않는 배후의 힘을 볼 줄 아는 능력을 '통찰력'이라고 합니다. 이런 통찰력은 주변 사람들을 관찰할 때도 필요합니다. 상대방에게 잠재되어 있는 자질을 발견하고 그것을 바라봐 줄 수 있다면 훗날 더 크고 더 의미 있는 결과들을 만들어 내게 됩니다.

　저의 능력을 이미 알고 있었다는 듯 저를 칭찬하고 격려해 주신 분이 계십니다. 그분은 '러브앤쉐어'라는 나눔 숍을 함께 운영했던 김종현 대표님이십니다. 그분은 제가 강연가로 무대에 서기 전 두려움 때문에 망설일 때,

"진향 씨는 이미 준비되어 있어요. 모 강사 분보다 더 말을 잘할 수 있고, 스타 강사도 될 수 있어요. 이미 충분합니다."

라고 말씀해 주셨습니다.

　그분이 뭘 보고 그런 판단을 하셨는지 그때의 저로서는 이해가 가지 않았습니다. 그저 과분한 격려로 생각했습니다. 하지만 저는 그분 말씀에서 온기를

느꼈고, 희망을 갖게 되었습니다. 그리고 그분의 격려를 늘 마음으로 느끼면서 자신 있게 무대 위에 서서 제 이야기를 할 수 있게 되었습니다.

저 또한 재능을 가진 친구들을 보면, 제가 받았던 것처럼 그 친구들을 적극적으로 칭찬하려고 합니다. 저의 칭찬 한마디가 그 친구의 일생을 바꿀 그 무언가가 될지도 모르기 때문입니다. 그런 가능성에 대해 이야기하는 것은 한편으로 '보이지 않는 것을 보는 것'이기도 합니다. 미래의 가능성을 미리 이야기해서 결국 현실로 만들어 내는 마법과도 같은 것이라는 생각이 듭니다.

한편, 섣불리 타인을 저 평가해서는 안 됩니다. 한때 '너는 절대로 안 돼!'라는 말에 눈물을 흘려야 했던 저를 되돌아보며, 타인의 기를 꺾을 수 있는 일말의 가능성도 열어 두지 않으려 합니다.

실제 자신은 본인의 재능을 잘 모를 수도 있습니다. 대부분의 사람들이 그런 것 같습니다. 우연히 만난 사람들 중에서도 표정이 밝고, 뭘 해도 잘할 것 같은 친구들이 있습니다. 그런 친구들에게는 진심으로 명확하게, 지금까지 잘했으므로 앞으로도 잘할 수 있다고 말해 주는 것이 큰 힘이 될 수 있습니다.

이것은 인생을 바꾸는 '예언'이라는 생각도 듭니다. 그런 의미에서 누구나 '예언가'가 될 수 있습니다. 다른 사람의 사기와 힘을 북돋워 그의 가능성과 잠

그 씨앗은 자라서 여름의 무성한 성장을 지나 어느 가을
아름다운 열매를 맺게 될 것입니다.
삶의 아름다움은 그렇게 만들어지는 것이 아닐까요?

재력을 배가하는 그런 '예언가' 말입니다. 저 역시 그런 사랑을 받았고, 이제는 그런 사랑에 대한 마음과 관심을 나눠 줘야 할 때라고 생각합니다.

요즘 어린 친구들은 참 기특해 보입니다. 자신의 가능성과 끼를 발전시키기 위해 어떻게든 노력하는 친구들을 보면 정말 예쁩니다. 어린 나이에 저런 노력들을 하고 있는데, 거기에 그들의 기를 살려 줄 수 있는 격려와 독려를 보낸다면 얼마나 힘을 얻게 될까요?

저는 그것이 가능하다고 생각합니다. 물론 그들이 자신의 분야에서 성공하고 결실을 맺기까지는 시간이 걸릴 수 있습니다. 그리고 가능성을 '미리 보는' 그런 격려가 있었다는 사실조차 기억하지 못할 수도 있습니다.

그런 건 아무래도 좋습니다.

제가 '받은 격려'를 그들에게 나누어 주는 것은 큰 보람이 있는 일이기 때문입니다. 그런 격려가 상대방은 결코 알지 못했던 이면을 꿰뚫어 보는 통찰력에 근거한 것이라면 그보다 더 좋은 것도 없다는 생각이 듭니다.

칭찬이 매우 구체적이고 실질적인 것일 때, 가능성의 땅에 작은 씨앗을 심게 됩니다. 그 씨앗은 자라서 여름의 무성한 성장을 지나 어느 가을 아름다운 열매를 맺게 될 것입니다. 삶의 아름다움은 그렇게 만들어지는 것이 아닐까요?

#27

오뚝이처럼!
회복 탄력성

주변을 둘러보면 아픈 일, 슬픈 일, 힘든 일을 겪어도 오뚝이처럼 다시 일어서는 사람들이 있습니다. 역경에 처해 밑바닥까지 떨어졌다가도 뛰어난 회복 탄력성으로 회복하는 사람들은 원래 있던 위치보다 더 높은 곳으로 올라가는 경우가 많습니다.

큰 성취를 이룬 개인이나 조직은 실패나 역경을 딛고 일어선 공통점이 있습니다. 그래서 저는 회복 탄력성을 매우 중요한 성공 요소로 꼽습니다.

회복 탄력성은 영어 resilience를 우리말로 가다듬은 말로, 크고 작은 역경과 시련, 실패를 오히려 도약의 발판으로 삼아 더 높이 뛰어 오르는 '마음의 근력'을 의미합니다.

물체마다 탄성이 다르듯 사람마다 탄성이 다릅니다. 그리고 자신이 처한 불행한 사건이나 역경에 어떤 의미를 부여하느냐에 따라 더 불행해지는 경우가 있는가 하면 반대로 행복해지기도 합니다. 세상일을 긍정적으로 받아들이는 습관을 들이면 회복 탄력성은 놀랍게 향상됩니다.

이러한 회복 탄력성에는 세 가지 요소가 있습니다.

첫 번째는 자기 조절 능력으로서, 감정 조절력, 충동 통제력, 원인 분석력으로 나눌 수 있습니다.

두 번째는 대인 관계 능력으로서, 상대방과의 소통 능력, 공감 능력, 자아 확장력으로 나눠집니다.

세 번째는 긍정성인데요. 저는 다른 요소들보다 이 세 번째 요소의 힘을 가장 크게 생각합니다.

회복 탄력성은 환경에 적응하는 데 그치지 않고 잠재력을 꽃피우는 사람들의 특징이기도 합니다.

덴마크의 동화 작가인 안데르센은 회복 탄력성이 뛰어난 인물입니다. 그는 극심한 가난 속에서 알코올 중독자인 아버지의 학대를 받으며 자랐습니다. 그런 그가 "나는 나의 가난한 삶을 바탕으로 '성냥팔이 소녀'를 창작할 수 있었고, 못생겨서 받았던 놀림을 바탕으로 '미운 오리새끼'를 탄생시킬 수 있었습니다. 역경은 나에게 큰 복이었습니다."라고 말했습니다.

저희 가족은 제가 어렸을 때부터 가난 때문에 생활보호 대상이었고, 저도 가진 것 하나 없이 서울로 올라오게 되었습니다. 그리고 카페를 운영하던 시절, 집이 없어서 카페 지하 창고에서 살던 적이 있었는데, 그때 비참한 생각에 죽고 싶기도 했습니다. 하지만 '현재 갖고 있는 것에 감사하자.'고 마음을 고쳐먹었습니다.

'비록 이렇게 지하 창고에 살고 있지만, 비바람을 피할 수 있는 작은 창고가 내게 있으니 얼마나 고마운가!'라고 생각하자 삶을 대하는 태도도 바뀌었습니다. 모든 것은 상황을 어떻게 생각하고 받아들이느냐에 따라 180도 달라질 수 있습니다.

저는 강연에서도 잊지 않고 "고통은 축복입니다."라고 말합니다. 저에게 어려웠던 가정 형편과 고통스러웠던 지난 삶은 모두 축복이었다고 생각합니다. 그러한 고통이 없었다면, 지금의 저 또한 존재하지 않았을 테니까요. 또 이런 이야기를 나눌 수 없었을 테고, 이 책도 쓸 수 없었을 겁니다.

이렇게 평소 생각하는 모든 것을 '긍정적'으로 변화시켜야 합니다. 긍정의 힘은 회복 탄력성에서 가장 중요한 요소입니다. 긍정성을 키우는 방법으로 저는 '감사 일기 쓰기'를 추천합니다. 그 살아 있는 사례가 바로 오프라 윈프리

지금 바로 생각나는 고마운 사람 5명에게

전화를 걸거나 메시지를 보내세요.

손 편지면 더 좋습니다!

감사한 마음을 담아 전해 보면 어떨까요?

입니다. 그녀는 그렇게 바쁜 생활을 하면서도 수십 년째 하루도 빼먹지 않고 감사 일기를 쓴다고 합니다.

여기서 오프라 윈프리의 감사 일기 쓰는 10가지 방법을 공개합니다.

1. 내 마음에 쏙 드는 노트를 장만한다.
2. 감사할 일이 생기면 언제 어디서든 기록한다.
3. 아침에 일어날 때나 잠자리에 들 때, 언제든 하루를 돌아보며 감사 제목을 찾아 기록하는 시간을 갖는다.
4. 감사의 제목은 거창한 것이 아니어도 좋으니, 일상의 소박한 제목을 놓치지 않는다.
5. 사람들을 만날 때 그 사람으로부터 받은 느낌, 만남이 가져다준 기쁨 등을 기록한다.
6. 교회나 학교에서 '감사 일기 쓰기 모임'을 만들어 함께 쓴다.
7. 버스나 공공장소에 혼자 있을 때 그동안의 감사 제목을 훑어본다.
8. 정기적으로 감사의 기록들을 나누고 격려한다.
9. 나의 감사 일기 제목이 어떻게 변화하고 있는지 지켜본다.
10. 카페나 정원 등 나만의 조용하고 편안한 장소를 선택해 자주 그곳에 앉아 감사 일기를 쓴다.

회복 탄력성은 선천적인 것이 아니라 노력 여부에 따라 크게 발전할 수 있으므로 아래에 그 방법을 소개합니다.

1. 변화를 삶의 일부로 받아들입니다.

내가 변화시킬 수 없는 것은 받아들이고, 내가 변화시킬 수 있는 것에 집중하는 것입니다. 어찌 보면 있는 그대로 받아들이며 수용하는 자세가 필요하다고 말씀드릴 수 있겠습니다.

2. '없다'에서 '있다'로 생각합니다.

부정적일 때는 지금 갖지 못한 것, 없는 것에 집중하기 쉽습니다. 갖지 못한 것보다는 현재 갖고 있는 것에 대해 감사하며 그것을 하나씩 목록으로 작성해 보는 것도 도움이 됩니다. 예를 들어, "나에게 걸을 수 있는 두 다리가 있어서 감사하다!" "멋진 풍경을 볼 수 있는 두 눈이 있음에 감사하다!"라고 생각해 보는 것입니다.

3. 작은 목표를 세웁니다.

작은 목표를 세우고 그것을 하나씩 달성하다 보면, 자기 긍정감과 자신감, 자존감이 향상됩니다. 작은 목표로는 이런 것도 있겠죠. "하루에 하나씩 선행하기!" "하루에 5명의 사람에게 긍정의 말 나누기!"

4. 충분히 휴식합니다.

저도 체력이 부족한 느낌이 들거나 에너지가 고갈되면 모든 일들을 멈추고 휴식을 취합니다. 너무 피곤하거나 지쳐 있으면 마음을 회복하기도 어렵습니다. 에너지가 고갈되었을 때에는 집중력도 떨어져서 현명한 판단을 내리기도 어렵습니다. 하지만 충분히 휴식을 취하면 좀 더 빠르고 명확한 판단을 내리는 데 큰 도움이 됩니다. 충분한 휴식을 취하세요.

5. 일과 삶의 비율을 잘 조절합니다.

일과 삶 가운데 하나에만 지나치게 치우쳐 있다는 느낌이 들면 잘 조절해 보시기 바랍니다. 공지영 작가의 〈아주 가벼운 깃털 하나〉에 "마음에도 근육이 있어. 처음부터 잘하는 것은 어림도 없지. 하지만 날마다 연습하면 어느 순간 너도 모르게 어려운 역경들을 벌떡 들어 올리는 널 발견하게 될 거야."라는 글귀가 있습니다.

처음부터 잘하는 사람은 없습니다. 하지만 매 순간 훈련과 습관을 통해 스스로를 단단하게 다져 나가는 과정을 거치면, 더 큰 고난이 와도 '언제 이렇게 내가 단단해졌나!' 싶을 정도로 아무렇지도 않게 극복하는 자신의 모습을 발견할 수 있을 겁니다.

회복 탄력성을 높이는 가장 큰 힘, 감사하기!

지금 바로 생각나는 고마운 사람 5명에게 전화를 걸거나 메시지를 보내세요. 손 편지면 더 좋습니다! 감사한 마음을 담아 전해 보면 어떨까요?

하루를 살아가는 큰 힘이 될 것입니다.

#28

모든 것은
부지런함과
노력에서 나온다

일시적인 만족보다 더 큰 기쁨을 위해 발로 뛰는 것이 제 스타일입니다.

물론 매체를 통해서도 타인의 생각과 뜻을 경험할 수 있습니다. 하지만 제게는 몸으로 뛰어서 얻는 경험이 훨씬 소중하게 느껴집니다. 마냥 연예인들을 동경하기보다는, 저 자신이 그들처럼 가치 있는 사람이 되고 싶었고, 뉴스를 통해 어려운 물가를 수치로 확인하기보다는 직접 실전에 뛰어들어 삶의 어려움을 극복해 보고 싶었습니다.

또 드라마를 통해 인간관계의 묘미를 알아 가기보다는 실제 눈으로 보고 함께 정담을 나눌 수 있는 주변 사람들을 더 많이 챙기고 싶었던 것이 제 바람이었습니다.

저에게 시간은 그 자체가 '돈'이자 '재정적 가치'입니다.

너무 각박하게 시간에 쫓기면서 살지도 않지만, 1분 1초를 허투루 보내고 싶지도 않습니다.

때론 쉽게 갈 수 있는 길도 있었지만, 저는 어떠한 경우에도 제가 하고자 하는 것들을 대충 하려고 하지 않았습니다. 한 걸음, 두 걸음 천천히 접근하되, 빨리 실천해야겠다고 결심하면 망설이지 않고 시도하는 편입니다. 우선 시도하고, 시도하면서 생기는 문제점들을 하나하나 개선해 나아갔습니다.

부지런함이란 무가치한 일들을 줄이고 스스로를 위한 시간에 온전히 몰두하는 것에서 비롯된다고 생각합니다.

저는 한 번 두드려 안 되면, 계속해서 두드립니다. 될 때까지요.

그간 저에게는 여러 일들이 있었습니다. 아직 젊고 부족한 점이 많지만, 어느 날 음악을 하고, 책을 내고, 강연을 하고, 블로그에서 1위를 차지하게 된 것은 그저 우연히 생겨난 결과들이 아닙니다.

어떤 친구는 이런 말을 합니다.

"진향아, 네가 하면 뭐든 다 잘되는 것 같아."

지금껏 저의 모습을 가장 가까이에서 지켜본 친구가 했던 말입니다.

물론 좋은 뜻으로 한 말이었습니다. 그 친구는 제가 파워 블로거가 되기 위해 밤잠을 설치면서 열심히 발로 뛰고 또 뛰어 콘텐츠를 개발하는 것도 봐 왔고, 울산 장생포에서 엄마와 함께하는 '진향한식'이 울산 맛집으로 자리 잡는 것도 지켜보았습니다. 과연 잘돼 가는 모습 이면엔 어떤 모습들이 있었을까요?

블로그를 운영해 본 사람들은 잘 알 거라 생각합니다. 블로그 하나를 키워서 힘 있는 수단으로 만드는 것이 얼마나 힘든 작업인지 말입니다.

밤을 새워 사진 작업을 해야 하고, 많은 사람들이 블로그에 관심을 갖도록 보통 이상의 노력을 기울여야 합니다. 꾸준히 콘텐츠가 올라가야 하기에 밤 낮없이 콘텐츠를 개발하여야 하고, 포스팅을 해야 합니다.

사람들은 그 많은 일을 어떻게 처리하느냐고 저에게 묻곤 합니다. 하지만 머릿속에 정리한 뒤에 차근차근히 진행하면 못 할 건 없습니다. 간혹 진행이 매끄럽지 않게 이어지는 일들이 있기도 합니다. 그런 경우엔 모든 일들을 잠시 접어 두고, 처리하기 쉬운 다른 것들을 먼저 합니다. 잠시 미뤄 두고 다른 것들을 하는 동안에도 원래 생각하고 있던 것들은 머릿속에서 떠나지 않고 있다가, 단순한 일을 하는 동안 실마리를 찾기도 합니다. 작업을 해 나아가며 씨름하고, 좌절하는 동안 내가 원하는 작품이 만들어지기도 합니다.

어떤 일들은 억지로 만들어지지 않습니다.

내가 원하는 시점과 그것들이 자연스럽게 마무리되는 시점이 달라서 당황하게 되기도 하는데, 그런 경우에는 '때'를 기다리며 숨 고르기를 하는 것도 필요합니다. 잠시 멈출 줄 아는 지혜가 필요합니다.

내가 원하는 시점과 그것들이 자연스럽게

마무리되는 시점이 달라서 당황하게 되기도 하는데,

그런 경우에는 '때'를 기다리며 숨 고르기를

하는 것도 필요합니다.

무엇보다 중요한 것은 성실함이나 부지런함을 바탕으로, 사람들의 평가에 일희일비하지 않고 꾸준히 하는 것입니다. 제가 가진 큰 장점은 '멈춰 있지 않고, 언제나 새로운 일들에 호기심과 갈증을 느끼는 것'이라고 생각합니다. 어쩌면 그것이 지금껏 저를 살아 있게 한 원동력인지도 모르겠습니다.

어떤 교수님께서는 "호기심이 없는 순간부터 사람은 늙는다."는 말씀을 하셨습니다. 저 스스로 많이 배운 사람이 아니었기에 더 많이 배우기 위해 달려들었고, 항상 지식에 대한 갈망을 느꼈습니다. 또 돈이 없었기 때문에 돈을 들이지 않고 배울 수 있는 방법을 늘 모색했습니다.

돈이 없어서 배우지 못한 서러움은 경험한 사람만이 알 수 있습니다. 어찌보면 부족함과 갈증, 결핍은 저를 지금껏 살아 있도록 한 하나의 이유인 듯합니다. 제가 더 노력해야 되는 이유이기도 하지요.

만약, '내가 부유한 집안에서 태어났다면 어땠을까?'라는 생각도 해 봤습니다. 아마 더 많이 발전하기 위해 노력하거나, 주변의 힘든 사람들을 돕거나, 지식의 갈급함을 채우기 위해 부지런히 노력하지 않았을지도 모릅니다.

부지런함과 노력은 저 스스로를 더 많이 발전시킨 특성이 되었습니다. 요행을 바라지는 않습니다. 물론, 인생의 어느 순간 행운이 찾아오기도 합니다. 저에게도 행운이라고 할 만한 일들이 있었던 것 또한 사실입니다.

하지만 그 행운조차도 제가 그 자리에 가지 않았다면, 결코 만날 수 없는 것이었다고 생각합니다. 예를 들어, 제가 어렸을 적부터 가수의 꿈을 키우지 않고, 노래에 열과 정성을 쏟지 않았다면 제가 만난 훌륭한 프로듀서도 그냥 인사만 하고 스쳐간 사람에 지나지 않았을 것입니다.

하루하루 충실히 살아가면, 언젠가는 어떤 형태로든 좋은 기회가 오게 되어 있습니다. 어떤 이를 위해 나의 소중한 시간을 사용하면, 그냥 공중에 흩뿌려진 시간 같아도 언젠가는 좋은 결과로 되돌아오게 됩니다.

여러 상황들이 나를 감싸게 될 수 있지만, 무엇보다 가치 있는 것은 나 자신이 현재의 삶에 성실하게 임하고, 스스로의 감정과 의미에 충실하게 살아가는 것이라고 생각합니다.

그렇게 우리의 자존감과 삶의 의미는 여물어 갑니다.

#29

사람은
사람을 통해
성장한다

　매년 한 해가 지나갈 때마다 저는 느낍니다. 현재 제 옆에 있는 사람을 통해서 저 자신이 성장한다는 것을… 이 글을 읽고 계신 분들도 느끼시겠죠.

　'맞아! 예전에 나는 이랬고, 성장하기 전 내 옆에 있던 사람이 지금 내 옆에 있는 사람과 달라!'

　그렇다면 옆에 있는 사람을 한번 살펴보세요. 과연 나는 어떤 사람들과 교류하면서 성장해 나가고 있을까요?

　그가 어떠한 사람이든 그 사람을 통해 배울 점이 있습니다. 사람의 장점을 바라볼 수 있다는 것은 매우 중요한 일입니다. 한 사람, 한 사람을 깊이 호흡하듯 이해하고 소통하면서 비로소 우리는 그 사람에 대해 조금씩 알아 갑니다.

　상대방의 장점과 단점은 나의 성장에 큰 원동력이 될 수 있습니다. 상대방의 장점을 발견하면, 그 장점을 나의 삶에 적용시켜 나의 장점으로 수용하면 되고, 단점을 발견하면 그 단점을 보면서 나 자신의 삶을 점검하는 기회로 삼습니다.

저는 누군가를 멘토로 삼기 전에, 시간을 두고 교제하며 그 사람의 삶을 살펴봅니다. 강연이나 책을 통해 '말'하는 강사 분들은 많습니다. 하지만 저는 그 사람의 '삶을 대하는 태도'가 그의 생각과 철학을 대변한다고 생각합니다. 그래서 말보다는 '행동'과 '태도'를 보며 그 사람에 대한 신뢰를 쌓는 편입니다.

그리고 가깝게 지내고 싶은 사람이 생기면, 그 사람과 급격하게 친해지기보다는 조심스럽게 난로를 대하듯 지냅니다. 사람과의 관계는 난로같이 가깝지도 멀지도 않은 관계가 가장 좋은 것 같습니다.

한때는 제게도 다른 사람의 시선에 신경을 많이 쓰던 시절이 있었습니다. 그리고 상대방의 말 한마디 한마디에 상처 받았던 적도 있었습니다. 하지만 '난로처럼' 서로 너무 가까이 있어 다치지 않는 그런 관계를 갖게 되자 더 소중하게 관계를 다룰 수 있게 되었습니다.

지금도 제 주변에는 '난로'처럼 소중하게 맺어가는 인연들이 있습니다. 그러한 인연은 항상 조심스럽게 서로를 대할 뿐 아니라, 친해졌다 하더라도 서로의 삶에 간섭하여 상대방을 억지로 변화시키려 하기보다는, 서로를 믿고 응원하는 존재가 되어 줍니다.

우리는 매일 SNS를 통해 다른 사람의 삶을 훔쳐봅니다. 그 사람의 일상을 보며 그 사람이 가는 곳, 하는 말, 입고 있는 옷 등 많은 부분에서 영감을 얻기도 하고 영향을 받기도 합니다. 내가 상상만 하고 있던 삶을 누군가는 일상으로 살아가고 있고, 그러한 것들을 보면서 꿈을 키우기도 합니다.

이 글을 읽고 있는 여러분의 삶 또한 다른 누군가에게 영향을 주고 있다는 사실을 잊지 마세요. 우리 모두가 정직하게 '잘' 살아가야 되는 이유가 하나 더 생겼습니다.

사람은 사람을 통해 성장합니다. 저 또한 다른 사람의 삶을 보며 그렇게 살아야겠다고 결심하곤 합니다. 제 삶의 멘토는 오드리 헵번입니다. 저는 조금이나마 그녀의 삶을 본받아 살아가기 위해 노력하고 있습니다. 그리고 두 번째 멘토는 오프라 윈프리입니다. 오프라 윈프리는 세계에서 가장 영향력 있는 100명 중 한 사람이며, 20년 동안 미국 TV 토크쇼 프로그램 시청률 1위의 자리를 지켜 온 방송인이기도 하죠. 많은 아픔을 겪고 그 아픔을 통해 다른 사람의 마음을 공감하는 능력이 생긴 오프라 윈프리.

그녀가 말한 수많은 말들은 저의 삶에도 크게 영향을 주었습니다. 오프라 윈프리가 말하는 '성공 비결 7가지'를 공개합니다.

1. 남에게 호감을 얻으려 애쓸 필요 없다.

다른 사람에게 호감을 얻으려고 애쓰다 보면, 결국 자기 자신에게 소홀해진다. 그러다 보면 자꾸 남의 눈치만 보는 나 자신을 보게 된다. 남에게 보이기 위한 삶이 아닌 오로지 나 자신을 위한 삶을 살아야 한다.

2. 외적인 것보다 내적인 아름다움을 쌓아야 한다.

화려한 외적인 아름다움은 잠깐 스쳐 지나갈 뿐이다. 내적인 아름다움을 쌓기 위해 노력하는 사람이 외적으로도 빛나기 마련이다. 성공하는 사람들은 외적인 것보다 내적인 아름다움을 가꾸는 데 시간과 투자를 아끼지 않았다는 사실을 잊지 말자.

3. 일과 삶이 최대한 조화를 이루도록 신경 써야 한다.

평생 일만 하고 살기에는 너무 허무하다. 우리는 일이 아니라, 행복을 위해 하루하루를 살아가고 있다는 점을 명심하자. 인생이라는 긴 마라톤을 끝까지 완주하기 위해서라도 적절한 휴식과 여유 등 자기 시간을 가질 필요가 있다.

4. 주변에 험담하는 사람이 있다면 멀리해야 한다.

아무리 가까운 사이라 하더라도 남을 쉽게 험담하는 사람은 될 수 있으면, 멀리하는 것이 좋다. 삐딱한 시선으로 바라보는 사람 곁에 있다 보면 나도 모르게 남을 험담하는 나 자신을 발견하게 될지도 모른다.

5. 사람을 대할 때 온전히 진실해야 한다.

사람을 만나고 헤어짐에 있어 진실하게 대하는 것만큼 중요한 것은 없다. 가식적인 행동과 말은 사람들을 멀리 떠나게 하는 '지름길'이다. 상대를 진정한 내 편으로 만들고 싶다면, 나부터 진실한 마음으로 다가가야 상대의 마음을 훔칠 수 있다.

6. 중독되는 것은 과감히 끊을 용기가 필요하다.

중독은 사람의 마음을 병들게 한다. 술이나 담배와 같이 건강에 '백해무익'한 것들은 줄이는 것이 좋다. 또 사람을 대할 때도 집착하는 것은 나 자신을 낭떠러지로 밀어내는 행위라는 점을 명심하자.

7. 시작도 해 보기 전에 쉽게 포기해서는 안 된다.

포기도 하다 보면 습관이 되기 때문에 자꾸 도망만 다니면 결국 아무것도 이루지 못한다. '인생의 값진 교훈을 배운다'는 마음으로 하나둘씩 부딪쳐 가면서 배우는 것이 진정으로 나 자신을 위하는 길이다.

이 7가지 성공 비결은 제 삶의 방침이기도 합니다.

당신의 삶에 영향을 주는 사람은 누구인가요? 그리고 그에게 어떠한 영향을 받았나요?